人生四季 景不同

查理森——著

電子工業出版社
Publishing House of Electronics Industry
北京 · BEIJING

目录

生命方程

浅唱低吟

岁月情怀

风轻云淡

茗边絮语

生命方程

大自然鬼斧神工、天地造化，一年有四季，名『春夏秋冬』，每个季节有每个季节的风景。

人生四季景不同

大自然鬼斧神工、天地造化，一年有四季，名“春夏秋冬”，每个季节有每个季节的风景。

人生岁月蹉跎、苦乐悲欢，一生亦有“四季”，曰“少青壮暮”，每个季节有每个季节的精彩。

大自然的四季，风景多姿多彩，丰富而有序。春天万物苏醒、百花烂漫、草长莺飞；夏天热烈奔放、轻风拂柳、绿叶葳蕤；秋霜既降，柿红梨香、硕果累累、厚实丰盈；雪映寒月、江天辽阔、朔风浮云、山瘦梅艳。四季各有各的色彩，各有各的风姿，或娇羞、或热烈、或厚重、或沉静，日升月落中天地悠悠、沧海桑田，斗转星移间时光飞逝、春华秋实。

这是大自然亘古不变的规律与周期，在春天里孕育，在夏天里成长，在秋天里收获，在冬云下安详。草木鱼虫，江河湖海，就这样有条不紊地由萌动走向成熟，由热烈归于沉静，步伐从不停歇却又从容不迫、生机勃勃。你看春天的田野，沃土清流，滋养禾苗，花儿尽情地绽放，草儿自由地拔节，不急不躁，积蓄生长的伟力。夏天的山川，明峰秀水，连云接地，千沟万壑，鱼儿弄波逐浪；阳光灿烂，果儿悄然成长。十月金风，泼墨群山，红叶娇似二月春华；飞雪扬花，寒凝大地，青松傲然昂首伫立。

大自然的这个规律和秩序又何尝不是人的生命历程所应遵循的呢？如果把人的一生也分作四季，那么，年少时节就恰似大自然的盎然春色，稚嫩中孕育着无穷的希望。

梁启超就说过：“少年人如春前之草。”生命呱呱坠地，就如同禾苗出土，喜迎阳光，在家庭、社会的呵护中一天天成长……是的，除了成长，这时的你，没有更多的责任，不需要有更多的思想，一如春苗只要雨露阳光、沃土芬芳。

步入青春的岁月，就迎来人生的盛夏，当年所有的滋养在此刻转化为一腔激情，成为勃发智慧的能量。这能量足够排山倒海，不可阻挡，这能量是创造，是开拓，是挥写人生最美的诗行。

随着阅历与知识的增长，经过青春的耕耘与畅想，走上壮年的舞台，人生便翻开又一页厚实的篇章，目标的准确，努力的充分，会让你功成名就，事业辉煌，在成就自我的同时造福于社会，助力于他人，胸有成竹地攀登新的人生制高点；而你如果错失了春天的汲取，此时此刻，你就会心灰意冷，失落迷茫，痛悔耽误了耕耘的时光，徒自悲伤。

既至两鬓飞霜，回首来路，更渴望生命的太阳，抚今追昔，感慨于“逝者如斯”，留下许多无法兑现的鸿篇构想，一切归于安详。人生就是这样千秋万代、香火永继，前浪后浪，汇成生命的江河，奔流激荡，浩浩荡荡。

常有人在失意时诅咒：造物弄人，岁月不公，其实，只要循规守律，不废天时，有序耕耘，人生的每个季节都必然会有自己的喜悦和荣光。

春风秋雨，潮涨潮落，不是江河任性而为；播种收获，果香稻黄，不是大地随意布场。一如大自然每季都有每季的风景，人生的每个阶段有每个阶段的所为与担当、有不同的内涵和指向，不能时序颠倒、率性铺张。春夏秋冬一天天过，少青壮暮一年年长。少小时汲取生命的营养，培育求知的意识，积蓄出发的能量。在精力充沛的青春岁月奋发学习、刻苦钻研，在学习中创造、在创造中学习；壮年时期，年富力强，服务社会，奉献自我，创造辉煌。有了这样的努力，才能有老年时的安详。这是对生命规律的尊重，步步为营，不乱不慌，最终圆满实现一生的梦想。不能急于求成，在春天里奢想有秋天的果实和丰收，在夏日中妄思冬天的飞雪和银装。然而，古往今来，却总有人要去打破这样的规律，不切实际地要去搏奇迹，拼奢望，或是目标好高骛远，或是努力偏离方向，结果，心血付诸东流，愿望越来越迷茫。错过季节，田荒粮缺；乱了方寸，人生无望。把这种状态称为“人生季节错乱症”，我看也不为过吧。

北宋大政治家、文学家王安石讲述的方仲永的故事就是很好的例证。方仲永自小聪慧过人，五六岁时即能提笔写诗，如果珍重天性，顺势培养，定可成为一代大家、万世风光。然而他的父亲却目光短浅，偏思偏想，把他的这点天赋当作有利可图的选项，放弃给他补充必需的“营养”，带他“走穴”四方，赚取银两。结果，方仲永因为后劲不足，渐渐江郎才尽，似乎是与生俱来的那点“能量”转眼便被耗空，稍大后，也就必然“泯然众人焉”。本该以成功人士的榜样被后世景仰，不料却成了拔苗助长的负面形象，方仲永留给后人的是沉痛的教训和警钟长响。

遗憾的是，千余年过去，人类步入21世纪的殿堂，历史又翻开新的篇章，方仲永的悲剧却仍然在上演。少儿本应是无忧无虑、游戏欢乐的人生花季，却被迫承担了过多的责任，让岁月变得沉重而慌张。前不久媒体报道，一位颇有艺术天赋的儿童，通过某个选秀活动脱颖而出，成为广受欢迎的童星，从此频繁甚至带病参加各类演出活动，劳累过度，在失去童年欢乐的同时，耽误了治病，最后令人惋惜地过早告别了人世，给世人留下难言的悲伤。

迎合着人们出天才、出英才的奢望，以营利为目的某些社会机构把“不要输在起跑线上”等惊世口号当作诱饵，搞出了五花八门的“培训、早教”项目，还有一些人恨不能孩子一出生就会背百家姓千字文唐诗宋词，能飞檐走壁武艺高强，吹拉弹唱门门都学，琴棋书画样样不落，节假日也紧张地东城西乡奔忙，到各类课堂赶场。娱乐、游戏、玩耍？根本就顾不上，结果是孩子受苦大人叫屈。虽说前人有“不吃苦中苦，难为人上人”的古训，但如果苦到不堪言之时，苦功之下结出的就只能是苦果了，真的到这一天，哭干了眼泪也于事无补了。

把玩耍还给孩子，把轻松还给童年，不要少年老成，要自然生长，童年就是要玩耍，少年方要学习，青年要有责任，中年更是担当，老来才会平静享受，弄乱了这个规律，就像车无轨行无矩，越快越易翻车。

青春年华本应是人生出彩的奋斗季，可有的人却浪掷光阴，贪图享乐，暮气沉沉，不思进取，不愿付出，生活的追求很高，现实的努力却很少，甘当伸手派，把“啃老、吃老”视为理所当然。不事耕耘，妄思收获，这样的人生自然不会有理想的答卷。

也有人因生活事业的坎坷不顺，行至中年便暮气沉沉，在挫折面前愁眉不展，只叹枉待了春风，错过了秋雨，却没有即时猛醒、奋起直追的信心和勇气，或借酒浇愁，或自暴自弃，在名与利的诱惑、得与失的抉择、愁与怨的纠结中，乱了方寸、迷了前程。

凡斯种种，皆因患上了“人生季节错乱症”。

天才是偶然，规律是常态。不是每个人生都能创造奇迹，不是每个生命天天都有惊喜。正视平凡，才能缔造辉煌；脚踏实地，才能功德圆满。玩耍的年代尽情地游戏，求知的岁月勤奋地学习，奉献的时光不留余地，这才是人生的完美秩序。

人才的培养、能量的积累，是一个细致的过程，不是每一个人都有超常规的潜能，只有一步一个脚印，踏实地走好人生路，完成好每一阶段的人生使命，厚积薄发，才能最终实现丰满的人生。漫漫人生路，不在于走得快，而在于走得远。如果一味地不顾客观规律，只想着“早成才、快成才”，结果往往会适得其反。行文至此，不禁又想起了早年名噪一时的“少年班”，那批头戴“神童”、“天才”光环的少年，在步入创造、奉献的年龄后，又有多少最终成为人们所期待的杰出之才?

种瓜点豆、桃红柳绿，各有时节，乱了就会人饥畜亡、山河失色；玩耍学习、成长努力，自有规律，急了就会顾此失彼、难成所愿；常言道“人算不如天算，强扭的瓜不甜”，都是这个道理。不能因为冬的严寒而诅咒老天的冷酷，也不能因为挫折而埋怨社会的不公。人生有顺境也有逆境，曲折是成长的必经之路，正如冬雪是庄稼的滋养，有春风才有秋雨，有夏日的热烈才有秋收的丰盈。顺势而为又能因势利导方是“高招”。严寒酷暑是四季的规律，困难挫折是人生的功课。善耕善耘，会种会收，日子平凡而充实；无怨无悔，不折不挠，岁月美满而幸福。

人生四季景不同，枫叶只待十月红。
春风秋雨有时序，大千世界理相通。

清江扬帆，桃源耕田

这是一幅山水画。

一年前，我请一位擅长国画的朋友为我画幅山水画，用来挂在我办公室的墙上，以期为工作的环境再添几分文化气息。至于画面的内容，我没有提更具体的要求，只说相信以他对我兴趣爱好的了解，一定会画出我中意的作品。

朋友欣然应诺。一周后，先是将他为我“私人定制”的画作拍了张照片，用微信发了过来，并谦虚地附言：画得匆忙，少了琢磨，若不满意可重新另画一幅。我点开图片，只看了一眼，便十分喜爱。这是一幅典型的彩色中国山水画。画面的主体是连绵的群山，山下是一湾清澈的河流，河面上有几只风帆高悬的木船，顺着水流驶向远方。河流两岸，有片片粉红的桃花在枝头绽放灿烂的笑颜。远景、中景、近景，都安排得十分细心、周到，整个画面可谓清新淡雅、动静相宜、赏心悦目。再细端详，画面的右上角，友人笔力苍劲的行书题款竟是“清江扬帆，桃源耕田”这八个大字！书画辉映，清新隽永，我不禁脱口赞叹道：“精品！”并急切地让他将原作快递给了我，不日便装裱入框，挂在了我的办公室里。工作之余，我都要仔细观摩这幅作品，不仅是在欣赏朋友的艺术，也更是在品味这幅画的意境。“清江扬帆，桃源耕田”，从那一刻起，这八个字就深深地印在了我的脑海里，不时引发我生出些有关山川河流、人生岁月的联想。

这也是一首言志诗。

从艺术鉴赏的角度来说，中国画是最富诗意的作品。自古以来，诗中见画，画里有诗，早已成为中国文化的一大特色。翻开一部中国文化史，历朝历代，有很多著名的大诗人，同时也都是画风独特的大画家，在他们的笔下，有的诗就是一幅画，有的画就是一首诗。诗画同源，诗画同味，画写意，诗言志，诗情画意，诗与画这两大艺术种类在他们高超的艺术素养调和之下而浑然一体，意蕴深厚，饱人眼福，动人情思。看朋友这幅画，也显然有这样的特点。山，大笔勾勒、层层叠叠，尽显伟岸与苍翠、凝重与庄严；河流几乎不着一墨，却能让你仿佛看见水在流动，浪花翻卷；扬帆之舟，结伴同行，顺流而下，一日千里，引你心境顿开，极目远天；那片灼灼的桃花，静立河畔，目送风帆远去，是无声的祝福，有缠绵的挂念。想必舟中之人，此刻也正注目群山芳华，体味清风暖阳，或感奋，或沉思；或激昂，或坚定。而桃花掩映之中，点缀着几间农舍，房前屋后，若隐若现的农人正在耕耘忙碌。田园、山水，情思、念想，在这一幅不大的画面上尽显无余。正可谓方寸之间有天地，笔墨浓淡见乾坤。

这更是一种人生。

沧海桑田，芸芸众生。每个人的生命旅程都不尽相同，但都少不了激情燃烧的岁月和宁静平和的时光，这也就构成了人生大致相像的上、下两个半场。“清江扬帆、百舸争流“是人生赛场的竞技比拼，“桃源耕田、稼禾茁壮”是生命历程的自我圆满。常言道，没有奋斗的人生是不完美的；同样，没有归宿的人生同样也是不健全的。“清江扬帆”正是人生奋斗的姿态。这姿态是“愿将黄鹤翅，一借飞云空”（孟郊）的憧憬，是“长风破浪会有时，直挂云帆济沧海”（李白）的豪迈，是“弄潮儿向涛头立，手把红旗旗不湿”（潘阆）的顽强，是“放船千里凌波去”（朱敦儒）、

“我欲乘风去，击楫誓中流”（张孝祥）的气度，总而言之，是努力与勤勉奏响的生命的华彩乐章。

江流湍急，浪高水深，人生之舟要想不沉没、行千里，就要有勇气，有毅力，有胆识。“清江扬帆”的岁月是人生之动、人生之争、人生之闯的激荡；“清江扬帆”的岁月是对酒当歌、豪气冲天、舍我其谁的昂扬。有风悬帆，无雨作浪，手把人生之舵，犁碎万顷白浪，驶向渴望的远方，那是何等的壮阔、何等的潇洒！

然而，人生如同江河，有波峰也有浪谷；人生亦如草木，有丰荣也有枯萎。清江放舟、扬帆远航的豪迈之后，一切奋斗与喧嚣最终都将归于平静。功过得失，喜怒哀愁，都化作一道道深深浅浅的痕迹刻印在生命的历程之中。而这时，“桃源耕田”便是人生最后的也是最好的选择。“桃源耕田”的时光是人生之悟、人生之静、人生之稳的舒畅；“桃源耕田”的时光是率性而为、宠辱不惊、我思我在的旷达。

“清江扬帆”是人生的急速行军，“桃源耕田”是人生的从容散步。如果把“清江扬帆”看作是一种“入世”的人生姿态，那么，“桃源耕田”就是在历经沧桑之后的“出世”风度。人生、社会的江河湖海，波峰浪谷、激流险滩，要让自己的生命之舟顺利远航，抵达一个又一个壮美、温暖的彼岸，需要有坚定的意志、执着的信念、切实的付出。而这样一个旅程又是充满艰辛和痛苦的。奋斗、努力之后，余生就再也没有劲头去云帆高悬、把舵摇橹，迎风斗雨，征涛搏浪，待彼岸已成此岸，你也许会在筋疲力尽的同时又生出些失落和幽怨，一种“曾经沧海难为水，除却巫山不是云”的感慨会涌上你的心头。这时，你盼望着能有一种让你平静的所在，向往着过上一段恬静安适的日子。这个所在就是桃源，这个日子就是桃源耕田，这是人生在闯过险滩、躲过暗礁，收获了时代的馈赠过后悄然而起的心境。今天的人们要感谢一千多年前的陶渊明先生，是他给了这个所在一个诗意盎然的名字“桃花源”。

陶渊明笔下——我更相信他心中的桃花源乃是“芳草鲜美，落英缤纷”、“有良田美池桑竹”之地，这里波澜不惊、日月静好，万物生长、共享阳光，正可以修身养性、抚思来路，更可以疗伤怡情、细诉衷肠。他故弄玄虚地声称桃源只是其有幸偶入，再寻便“未果”且“后遂无问津者”，有意无意之间给后人留下了一个“心欲往而不可达”的世间胜境，也留给了后人一种期待和追求的方向。

其实，大好河山，又何处不是陶渊明所说的那个桃花源呢？无论是“水满田畴稻叶齐，日光穿树晓烟低”的远村，还是“道狭草木长，夕露沾我衣”的深山，都富有桃花源的静美与温馨，以我中华地域之辽阔、山川之多彩，要找到这样的所在是无须费什么周折的。告别刀光剑影的疆场，回归风调雨顺的田园，在沃土之上，植几株桃树，耕几亩良田，当是一种理想的归宿。回望历史的星空，陶渊明感慨“久在樊笼里，复得返自然”，率性地过上了“晨兴理荒芜，戴月荷锄归”的生活，孟浩然期待“桑野就耕父，荷锄随牧童”的随意和自得，欧阳修也盼望“鹿车何日驾，归去颍东田”的无拘和松弛，这些或官或吏的前辈们都表达了一种历经喧嚣、享尽荣光之后，内心生发的那种对宁静的渴望和向往。真正让他们感到悠然自得、天人和谐的不仅是桃源的美景，更是他们栉风沐雨之后对人生真谛的彻悟。由此也可见，桃源不只是地理意义上的佳境胜地，更是心灵的向往与醒悟，没有心灵的渴望，缺少生命的认知，即使是走进了这片桃源，你也只能是一个走马观花的过客，迷失在柳绿花红之间。有意气风发、“清江扬帆”之后的大彻大悟，“桃源耕田”才能少一些“小舟从此逝，江海寄余生”（苏轼）的悲怆和孤独。

当然，对于今天的人们来说，纵然是悟透了人生的真谛，有心要在卸下社会的各种角色之后寻一种轻松的生活，恐怕也难以寻找到陶夫子描绘的那个人迹罕至的“世外桃源”。也不是每一个人都能够化身为一个农夫，在这样的桃源里伴日升月落，饮朝露清泉，荷锄培苗、田园耕作。然而，我要说，每个人都有一片属于自己的“桃花源”，这桃花源也许是你早年未能兑现的心愿，也许是你久未了结的一个规划，甚至是积压太久、无处释放的一声怒吼、一次高歌，那么，进入人生的下半场，你就可以去扣响心中桃源的大门，这扇门也许就在广场舞的旋律中、在含饴弄孙的惬意里、在研墨舒毫的雅致间，在这样的桃源里，你尽可舒展地去耕种属于你的那一亩良田。因此，我更要说：桃源耕田，不只是耕作沃土良田，更是耕作你的心田。你一生的喜怒哀乐就是最富营养的底肥，能让你的心田生长出生命园林中又一朵绚烂的花朵、又一颗甘甜的果实。

清江扬帆万里路，
日升月落光阴短。
历经世间苦与乐，
有心处处桃花源。

打好底色，描绘出彩的人生

深秋，一夜强劲的北风，吹散了积压在人们头顶多日的雾霾。极目远眺，碧空如洗，似一幅无边的蓝色绸缎，漫漫铺陈开去，幽远而宁静。一朵朵闲散的白云，似花，如絮，仪态万千，在这片湛蓝的底色映托下，显得格外悠闲飘逸、皎洁耀眼。梧桐和银杏此刻也褪去了夏日的盛装，在阳光下闪耀着明亮的金黄，生动而丰满。天地辉映，风光宜人，此景此意，似乎向人们昭示着一个道理：风景的美丽，是因为有了底色的烘托。

白云有辽阔的蓝天作底色，才构成了风轻云淡的景致，美得幽远而壮阔；红叶有苍翠的群山作底色，才铺展开层林尽染的韵律，美得热烈而隆重。

没有底色，美就是空洞的；没有底色，美就是缥缈的。或者干脆可以说，没有底色，一切的美只是虚幻的“存在”。

不同的底色，烘托不同的风景，也即产生不同的价值。曾经在郁金香盛开的五月，看见摩肩接踵的摄影爱好者流连在公园或郊野，于一片灿烂的花海中摄取花儿们的倩影。有的人随手一拍，便沾沾自喜，以为将美艳收入囊中。然而，仔细审视一番他们的“作品”，就会发现随意记录的画面中，背景是零乱和芜杂的，底色和主角没能很好地相映相衬。在这个零乱和芜杂的背景之上，原本鲜活俏艳的花朵也显得毫无生气，只是一团颜色而已。再看一些有心人，他们不急于见花就拍、遇景便摄，而是耐心地在花海中徜徉、在花朵前端详，远、近、高、低，从不同的角度细细观察，然后选择一个满意的视角，或俯下身子，或举起相机，在这俯、仰之间，就给花朵选择了一个恰好的底色、一个和谐的背景，让花儿在这底色的映衬下显得突出而高贵。更有人随身带着一张背景板，选好要拍的花儿之后，便将板子置于花后，让它衬托出花朵的风姿。花儿在简洁的底色前，显得更加生机勃勃。他们懂得底色的重要性，于是便收获了一份独具风格的美的景致。

由此可见，底色不是简单的衬托，底色是美的保证，是美的基础，是美的前提，是决定美的档次和水准的关键，不信，你抽掉底色试试?!

底色是美之源、美之本。

不同的底色，不仅能带来不同的视觉效果，而且会造就不同的美感刺激。雾霾之下，青枝绿叶也会无精打采。只有在蓝天白云为它们作底色时，它们才能显出盎然的生机，一起构成大千世界的动人风景。

摄影如此，绘画亦是。伟大的画家，都十分重视底色的设置。每一幅艺术价值超凡的作品，都有着能为画面主体增光添彩的底色。你看凡·高的《星夜》、《向日葵》等名作，不都是在灿烂的底色上构成了独特的色调和极具视觉冲击力的艺术气势吗？即便是以空灵写意见长的中国画，其实也是很讲究底色运用的，或不着一墨，尽显深邃；或浓墨重彩，托举主体。齐白石的小品虽看似只有前景里的苍翠青红，但宣纸的洁白和淡淡的纹理正构成它天然的底色，和前景中的鱼虫花鸟浑然一体，才能活灵活现，生机盎然。而李可染的《万山红遍》则更是将底色运用到了极致，渲染出沉雄博大、韵致幽深、气象万千的艺术境界。

如果把人生也比作一幅画卷，那么，生命过程中的每一天，其实就是在为这一幅画卷布局着色、添枝描叶。每一个人都是自己人生画卷的画师，都会竭尽全力让这幅画卷灿烂而美好。这是比绘画更加细致的“创作”，比摄影更加费心的“构思”。要想让这幅画卷出彩、出色，无疑更需要打好底色。或浓墨重彩、铺陈渲染；或简笔勾勒、写意传情，以此来呈现人生硕果的丰盛、人生之花的雍容。

人生的底色是什么？

——人生的底色是坚定的信仰。

底色决定着画面的美感，恰当的底色让画面醒目而富有节奏，“美”就变得和谐、生动；而杂乱的底色只能抑制、销蚀画面的意境，“美”会流于空洞、虚幻。坚定的信仰就是人生画卷中必不可缺的底色。没有坚定信仰的人生，就如同一幅糊涂乱抹的画面，虽五颜六色，却杂乱无序。诚如罗曼·罗兰所说的“最可怕的敌人，就是没有坚定的信仰”，无论人生有多长，都要有信仰指引前行的方向。只有以信仰作为托举的力量，人生的花朵才会炫丽芬芳。卢梭认为：“没有信仰，就没有真正的美德。”底色不是随意涂抹出来的，而是需要画师精心选择；人生的信仰也不会与生俱来，而需要在实践中精心培养。有坚定的信仰作底色，你用奋斗的每一天，去描绘人生的一枝一叶、一花一石，才会有美好的人生画卷。缺少信仰的人生，如随风飘舞的尘埃；有了坚定的信仰，人生才有方向；有了坚定的信仰，人生的画卷才会更加生动，才有超越时空的力量。

——人生的底色是高尚的品德。

先人告诫我们：德行广大，而守以恭者荣。品德是人的第二个生命，高尚的品德会让人生更加伟岸和灿烂。如果说品德是一座山，那你的一言一行、一举一动、一思一念，就是垒起这座山的土壤、石块。高尚的品德映衬的是完美的人生，低劣的品德只能让人生灰暗。爱因斯坦说：“一个人的成功，不只取决于他的智力因素，更重要的是取决于他的品德修养等非智力因素。”中华民族素有“修身养性”的传统，其实就是提倡要时刻注意培养高尚的品德。“修身”不是“躲进小楼成一统”，不是闭门苦思、面壁幻想，“修身”要见贤思齐、取长补短；“养性”要不惧风雨、淡看得失，不以善小而不为，不以恶小而为之。“傲不可长，欲不可纵，乐不可极，志不可满”，让自己的言行时刻传递正能量。《论语》有言，人要每日“三省吾身”，王安石更说“修身洁行，言必由绳墨”，这都是提醒人们要时刻注意自己的言行作为，以高尚的品德作为你做人行事的准则，不可私欲行世，置社会公德于不顾。古人云：才者，德之资也；德者，才之帅也。品德不仅是才之统帅，更是人生的统帅。没有高尚的品德作底色，人生的画卷即使色彩纷呈，也只不过是纸扎的玩偶、蜡制的摆设，经不起岁月的风吹雨打。

——人生的底色是执着的精神。

人生不缺乏高远的理想，正如自然界不缺少鲜花和芳草。但是，如果缺少执着的精神，“理想”就永远只会是“理想”，化作不了美好的现实；一如没有蓝天、阳光的底色，花儿就不会娇艳，草儿就不会茂盛。每个人都向往幸福的生活，都追求人生价值的实现。然而，这幸福来源于辛勤扎实、敢于牺牲的努力奋斗，这价值产生于百折不挠、不舍不弃的拼搏进取。在人生的旅途中，总会有疾风暴雨、险阻坎坷，有了执着的精神，你就可以无惧挑战，一往无前，用毅力战胜风雨，用勤奋克服困难。有道是：“心不清则无以见道，志不确则无以立功。”苏轼也说：“古之立大事者，不惟有超世之才，亦必有坚韧不拔之志。”一方面，志当存高远；一方面，多获由力耕。“不经一番寒彻骨，怎得梅花扑鼻香？”只有“惟日孜孜，无敢逸豫”，才有美好前程、丰硕果实。“水滴石穿”的寓言、“铁杵成针”的故事，都是在证明执着、坚持的可贵和价值。执着的奋斗，会让你的人生画卷丰满而生动；辛勤的努力，会让你的人生画卷明亮而深邃。让我们牢记“天行健，君子以自强不息”这句古老的格言吧。

坚定的信仰为人生导航，指引你前行的方向；高尚的品德是人生坐标，激励你勇敢向上；执着的精神让人生充实，带给你圆梦的力量。有这样厚重、和谐的底色作衬托，人生的画卷就会洋溢出勃勃的生机。

人生：“加减乘除”一道题

有人说：“人生如梦。”

有人说：“人生如戏。”

还有人说：“人生如歌。”

而在我看来，人的一生其实就是一道集合了“加减乘除”算法的四则运算题。无论这一生有多么曲折坎坷、炫丽辉煌，无论这一生会遇到多少雨雪风霜、鲜花艳阳，都无法绕开“加减乘除”这四种“算法”。换句话说，每个人来到这个世界，就面对着这道题，漫漫岁月，其实就是一个加加减减、得失取舍的运算过程。而这同样的一道题，因情商、智商、志商的差异，不同的人会得出不同的答案。成功的人生，就是运算合规合则，答案正确圆满，交出的是一份优秀的试卷；失败的人生，就是无视规则程序，不讲算法套路，理不清头绪，失算丢分，交出的是一份不及格的答卷。试看芸芸众生的生命流程，哪个不是在加、减之中，感悟岁月冷暖、斗转星移、草木枯荣？哪个不是在乘、除之际，阅尽世态炎凉、日升月落、雨雪风霜？

对于“四则运算”大家都不会陌生，是指数学中加法、减法、乘法、除法四种计算法则同时出现在一个式子里，按规定的运算顺序来运算的一种题型。它可以说是数学中最基础的运算，也是人们学习文化、掌握知识过程中较为初始级的功课。“四则运算”看似简单，但简单中有技巧，平淡里见深奥，自有其规则、要领，一样不能少，一步都不能错，否则，就不可能得出正确的答案。而要做好人生这道“四则运算”题，同样有其规律和方法。不同的是，数学中的“四则运算”程序是“先乘除、后加减”，而人生这道题则要先做“加法”、“乘法”，后做“减法”、“除法”，有时还得加减乘除同时运作。

那么，在人的一生中，何时该做加法，何时该做减法呢？要我说，人的一生可分上下两个半场，在上半场更多的是要做加法和乘法，为人生垒基筑业，不断地让生命的内容更丰满、形象更伟岸，一点一滴地增加着自己的知识、能力，一朝一夕地积聚并释放着自己的能量，服务社会、实现价值；而在下半场则是要做好减法和除法，像一棵历经沧桑的大树，风雨过后，要修剪枝丫，才能精神抖擞地吸纳日月光华，修身养性、完善自我。金庸所言“大闹一场，悄然离去”，正合此意。

具体说来，从童年至壮年的时光是人生的上半场，这是一个人知识积累、能力培养、学习工作、创造业绩的重要阶段，“加法”和“乘法”是这一阶段的主要功课。人能行于世、立于世，且有发展、有业绩，都在于有知识、有能力。而这知识、能力的积累和培养的过程，就是在不断地做加法、乘法的过程。吸收知识、消化知识，转化为创造的能量，每个人都是在积累、添加、升华中努力历练成职场的娇子、家庭的希望、社会的栋梁，以其品德去“乘”肩负的社会责任，用其智慧去“乘”担当的职业使命，从而获得人生财富的最大之“和”、呈现出人生价值的最大之“积”。

人生的四则运算中，需要在做好加法、乘法的同时，适当地做些减法、除法，才能够巩固并放大加法、乘法带来的成果。比如要减掉玩世不恭、见异思迁的飘浮心态，坚守严谨诚实、担当作为的品德情怀；要去除爱慕虚荣、浅尝辄止的陋习俗规，坚定慎行慎言、执着勤奋的秉性操守。“有所为有所不为”其实说的就是这个道理。“有所为”就是要以百折不挠、孜孜不倦的努力，去积累自己的精神文化乃至物质财富，施展自己的才华、能量，使人生充实、圆满甚至辉煌；“有所不为”就是要放弃、减除与自己人生大目标相抵触的事与情，解除一切羁绊，远离一切诱惑，心无旁骛，轻装前行，摘取人生的甘甜果实。加、减得当，人生才能行远致胜；乘、除有方，人生才有无上荣光。

人生的上半场要轰轰烈烈，多做加法、乘法，才能主宰命运、实现理想抱负。而步入老年，就开始了人生的下半场，减法和除法就成了主旋律、主课题。无论你在过往的岁月中，加法做得如何，到了这个阶段，都要以做减法为主业，不再去为点滴的得失而寝食不安，不再把荣誉地位看作心头肉。要果断地减去所有的功名之心、利禄之求，卸下所有的面具，回归本真的自我。

减法不易做。因为人之常情常态，总是习惯于做加法，向往多多益善，为自己增加财富、为自己增加地位权力，为自己增加荣誉光环，乐此不疲，争斗不息。而要将这一切都减去，很多人会有一种难舍之情。其实，辩证地看，做好下半场的减法，也是从另一个角度为人生在做加法——“减”去了过多的外在负担，会增“加”身心的轻松舒畅。退出职场，减去了几十年早九晚五的规律性忙碌，换来寝食自便、来往自主的自由；放下工作，减去了起草公文召开会议的搜肠刮肚、通宵达旦，争取到去水边溪头垂钓怡情、去旷野广场慢舞轻唱的时间；远离喧嚣，减去了酒桌饭局的推杯换盏、无聊应酬，赢得了云游天下、寻古觅奇的雅趣。你减掉的是工作的压力，得到的是生活的惬意。这不都是做“减法”带来（增加）的成果吗？

该做加法时努力地“加”，到需做减法时坚决地“减”，才是人生的真谛。青壮岁月，多做加法、乘法，加知识、加担子、加责任，你才能成为一个对社会有用的人，才能书写你不同于他人的人生篇章；暮年时光，平心静气，淡看一切，以减法为主，减去不必要的应酬、社交，减少沉重的荣誉的外衣。不再去为得失而烦恼，不再纠结于成功与失败、付出与回报，减少前呼后拥的热闹，减少面红耳赤的争吵，减去的是生命中的累赘，得到的是身心的自由。

如果说，做“加法”“乘法”的人生，是成长和前进的人生，是旭日东升、光芒四射，是一幕大戏的开篇，不断地绽放色彩、丰富故事，引领生命的剧情渐次走向高潮，跌宕起伏，呈现澎湃活力；那么，做“减法”“除法”的人生，就是回顾与思考的人生，是青山夕照、余晖漫天，是一曲交响的尾声，旋律婉转低沉，余音袅袅，带着辉煌、悲怆缓缓走向平静。

做“加法”“乘法”要一鼓作气、一往无前，趁着年富力强，去积累智慧能量、去服务社会人民；做“减法”“除法”要当机立断、雷厉风行，在余生晚年当退则退、见好就收，清茶一杯，回味耕耘的甜美与艰辛。做好加法，生命才会充实；做好减法，生命才能持久。

“加法”固然是建设性人生的必要算法，而做好“减法”则更能为人生带来建设性的喜悦。“加法”是为了“增多”，但“减法”并不一定意味着“减少”。“多”与“少”常常互为转化、异变。虽然一般而言，“多”就是“多”，是丰富、是满足。然而，当“多”得“多”了之后，就成了“少”了：钱多了，安全少了；荣誉多了，自由少了；这时候，做做减法，就能以“少”换来“多”：减去点工作、操劳，业绩虽然少了，自由却多了；减去点烟酒、油腻，口福似乎少了，身心却舒坦多了。正可谓：加法有加法的价值，减法有减法的意义。

多到多时多为少，加来减去有奥妙。

拿起放下寻常事，人生轻装才逍遥。

“三局”支撑完美人生

“完美人生”是每一个人的追求。

古往今来，在这条追求的征途中，芸芸众生前赴后继，呕心沥血，付出了毕生的努力；更有无数志士仁人，不惜抛头颅洒热血，去书写人生最壮丽的篇章。

“完美人生”是人类真正意义上的普遍价值观和共同的愿景。虽然由于时代环境、地缘特点、社会角色、生存状态的差异，每个个体生命对“完美人生”的理解也不尽相同：仕者期望功成名就、千古流芳；墨客企求文传百代、万世诵读；农夫叨念稼禾永丰、福润子孙……但其中也不乏普遍的理解和共同的认知：“完美人生”就是生的坦荡、充实，死的无憾、无怨；就是活跃在这个世界时能圆满地或者能尽可能多地实现心中的梦想和规划，在离开这个世界时没有留下多少未尽的愿望和目标。如果要再简单一点表述“完美人生”的内涵，我想无外乎就是“来去平安，天遂人愿”。

然而，看似简单、平常的这一人生愿景，又有多少人能够圆满实现呢？岁月的星空下，匆匆的光阴里，大千世界兴衰交替，天地之间风云变幻，更多的人还是怀着希望而来，带着遗憾而去。完美的人生，似乎始终是一个生命的珠穆朗玛，只有寥若晨星的攀登者能够如愿登顶，一览时代、岁月壮丽的无限风光。

不可否认，这其中，目标的大小、愿景的高低是影响人生能否完美的几个重要因素——不切实际的过高目标自然难以实现，超乎能力的愿景自然也无法圆满。同样的道理，即使是一些本分的期待、基本的心愿，如果缺乏正确的方法、科学的路径，也只能是水中月、镜中花，成为人生路上的一个虚幻的风景，最终，心愿未了、壮志未酬的叹惜会成为一个人留给这个世界的最后声音。

人类在思索：究竟有没有实现完美人生的可能？

人类在寻找：在追求完美人生的道路上，有没有捷径和密钥？

千古难题，万般解答；路漫漫兮，上下求索。

真理在实践中确立，道路在探索中发现。古人有言：人无善志，虽勇必伤。“善志”不仅是美好的愿望，更是科学的方法。万丈高楼，起于坚实的基础，完美的人生，需要强力的支撑。综观历史与现实，格局意识、大局意识、全局意识正是支撑“完美人生”的三根柱石。即是说：一个人必须有格局、识大局、懂全局，才能在人生的旅途中收获成功与希望；“格局、大局、全局”，这“三局”恰似攀登珠峰的必由之路，由此才能登顶“完美人生”，领略生命的壮丽和辉煌。

有“格局”，人生才有目标。

什么是“格局”？“格局”的原意是指事物的结构和格式、格调，“格”就是层次，是高度，是风度，是品质。说一个人要具备“大格局”，不是说他要有万夫难当的勇猛、顶天立地的宏志，而是说他要有人的“格调”、人的姿态。对人而言，说到底，“格局”其实就是一个人的处世风格、道德品格、思维水准等内在因素的综合体现。不同的人，社会地位可以有高低不同，生存能力可以有强弱之别，但一定不能缺少“格局”，“格局”可谓是人生愿望、目标的定海神针，是人生殿堂的坚实基础。有了“格局”，人，才能坚定地在这个世界立足。金戈铁马的豪迈，杏花春雨的惬意，都缘于“格局”的确立。一个有良好“格局”的人，首先就是一个有品位的人，一个心胸宽广的人，具备了“格局”，才能从容地规划自己的人生，合理地运用自己的智慧和努力去弥补自身不足，实现人生理想，构筑完美的人生。这样的人不会为蝇头小利而烦恼，不会因坎坷和挫折而放弃终极的理想。“丈夫之志，能屈能伸”，有“格局”的人正是这样的“大丈夫”。乐观、豁达，心容天下；好学、勤奋，见贤思齐。在利益面前，他不会把自己的得失作为取舍标准；在抉择面前，他不会犹豫于责任与担当之外；在竞争面前，他不会因胆怯而临阵脱逃。他的人生姿态一如峻岭上挺拔的劲松，只愿向着天的高度生长，不会留恋脚下的舒适与温暖。即便是在生命的旅途中会遭受雷暴攻击、风雪欺压、冰霜欺凌，他也不会停止向上的努力。有“格局”的人生，“见素抱朴，少私寡欲”，远离低俗与猥琐；有“格局”的人生，“志不求易，事不避难”，心，充满阳光，执着地向往着诗歌和远方。

识“大局”，人生才有方向。

什么是“识大局”？“识大局”就是对形势、环境要有整体分析、判断和把握，就是“大局意识”“大局思维”，是一个人的眼光、胸怀。一个人只有胸怀“大局”，才能没有阻隔地融入社会，与时代同频共振，而不是孤芳自赏、我行我素。如同一滴水汇入江河，才能领略波澜壮阔，才能形成摧枯拉朽的气势。有“大局意识”的人，收放有度，不畏牺牲，乐于奉献，不会从一己之利去看这个世界，不会一意孤行，一条道走到黑，不会“宁让我负天下人，不让天下人负我”。胸有“大局”的人，遭遇挫折时，不会低头凝视地上的影子，无助地感叹自己的渺小，他会检索身后的足迹，梳理曾经的偏差和失落，及时修正自己的过失，然后把目光继续投向前方，跟上前行的步伐，脚踏实地，永远行走在团队的行列中，不掉队，不溜号。前进途中星星点点的闲花逸草，奋斗路上大大小小的功名利禄，都不足以让他离开前行的队列。他不会将自己看得重于泰山，只会把整体的利益高举过头顶，甘于做“大”中的“小”，乐于做尽职尽力的卒。在他们的人生字典中，“大”始终是团队的专属，个人始终是“小”的。即使身处平凡的岗位，他也会像统帅一样以大局为重，胸有“大局”的人，不会为五斗米折腰，不会被荣誉榜裹足，“良马不念秣，烈士不苟营”，是他们的生命肖像；江河不择细，高山不弃尘，是他们的人生胸怀。识“大局”的人生，必定远离孤独、寂寞，有“大局观”的人生，才能行得远，走得稳，走得正。

懂“全局”，人生才不迷航。

懂“全局”就是有“全局观念”，有奉献、牺牲、无私的精神。一个有“全局观念”的人，善于沟通，宽以待人，热情友善，宽容大度。有“全局观念”的人会这样看待社会与个体的关系：社会和时代是一台庞大的机器，每个生命个体只是这台机器上的“一颗螺丝钉”；社会和时代是一片茂盛的森林，每个生命个体只是这片森林中的一草一木。“王道荡荡，不偏不党”，这样的人会明白：没有全局就没有个体，没有整体就没有自己。这样的人懂得：一颗精致明亮的螺丝钉，只有合适地安装在机器上，才能发挥价值，才能发挥作用；一棵枝繁叶茂的松柏，只有置身于森林，才能避风躲雨，才能持续生长。心有“全局”的人，始终会以谦逊的姿态站在人生的制高点，一颗平常心，淡看风和雨。心有“全局”的人，更是一个乐于团结、善于团结的人，将个体团结在整体之中，个体的力量才能够得到发挥；整体的利益得到实现，每个个体的利益才有保障。树木成林不怕风，滴水汇海不怕晒。独木不拒绝森林，才会长成参天大树；涓流不留恋山沟，才会汇成滔滔江河。在中国传统文化中，象棋、围棋技艺讲的就是全局观。高明的棋手心中装着整个棋局的走势，而不只看重盘面上一子一点的得失。看似不经意的每一次落子，其实都是为了全局获胜做出的安排。为了保车，不惜丢卒；舍弃一角，力争中盘。而初学者往往缺乏这样的全局观，急于求成，患得患失。顺时冒进，兵卒莽撞跨河越界气势汹汹；逆时慌乱，黑白不分山河尽失气急败坏。即使有一个顺利的开盘，也会在随后的攻守中陷入被动，痛失好局。而人生则是一场更大的博弈，懂“全局”者，才能笑傲江湖。

与其在人生弥留之际，感叹光阴的无情和岁月的诡谲，莫不如早早确定自己人生的格局，服从大局，细察全局，有这“三局”的支撑，“完美人生”就不会只是虚幻的快乐。

懂得珍惜，人生无虞

人生是一场充满变数的旅程。坦途、坎坷，明媚、暗淡，悲欢离合、喜乐哀愁，悠悠岁月，漫漫长路，每个人的一生都会面临无尽的挑战，历经甘苦得失，尝遍辛辣酸甜。只有学会珍惜、懂得珍惜，才能让你的人生遇难呈祥、柳暗花明。懂得珍惜，人生无忧无虞；懂得珍惜，人生风和日丽。

惜　时

人之珍惜，首为“惜时”。清代学者魏源说过：志士惜年，贤人惜日，圣人惜时。在他看来，“惜时”是人生的最高境界。虽然不是每一个人都能成为“圣人”，但珍惜每一寸光阴却当是每一个人所应有的积极的人生姿态。

都说人生漫长，其实，“人生直作百岁翁，亦是万古一瞬中”，人的一生即使长至百年，在浩渺的宇宙中，也只如流星飞驰，如昙花一现，转瞬即逝。“白驹过隙”、“光阴似箭”、“弹指一挥”都是在诉说人生、时光之短暂，感叹人生之无奈。正因为短暂，才需要我们学会珍惜、懂得珍惜，不辜负生命中的点滴光阴、不轻视岁月长河的每一朵浪花。唯有珍惜，才能让有限的生命留下久远的馨香。

珍惜时光、勤奋作为，从来就是中华民族的美德。我们的先人早就在多年的劳动实践中领悟出“惜时”的重要，给后人留下了谆谆的教诲。“人误地一时，地误人一季”，这是在提醒庄稼人：不珍惜时光，便会错过耕耘播种的季节，就没有丰衣足食的日子；“少壮不努力，老大徒伤悲”“莫等闲，白了少年头”，这是在告诫孩童：虚度大好的时光，到头来必然是碌碌无为、徒自伤悲。

荀子曰：月不胜日，时不胜月，岁不胜时……故善日者王。历史和现实中许多生动的事例也证明：有作为的人生，都是珍惜时光、善待时光的人生。一个人，只有懂得了“惜时”，才能有只争朝夕的动力，才可能成为一个有益于社会、无愧于生命的成功者。司马光用“警枕”强制自己刻苦研读，撰就《资治通鉴》；鲁迅把别人喝咖啡的时间都用来写作和读书，启迪民族心智；陈景润夜以继日钻研哥德巴赫猜想，摘取了数学皇冠上的明珠；巴尔扎克远离都市的繁华与喧嚣，废寝忘食创作《人间喜剧》；爱迪生总想办法用极少的时间办更多的事，潜心科研与发明……在他们眼里，时间是最不能荒废的田园，他们用毕生的心血浇灌着这片田园里的满目葱茏，为人类奉献出丰盛的文明果实，给世人树立起“惜时”勤勉的榜样。

问世间什么最宝贵？当然是时间。“圣人不贵尺之璧，而重寸之阴”（《淮南子·原道训》）、“一寸光阴一寸金”（唐代王贞白）、“人间只道黄金贵，不问天公买少年”（元代元好问）、“难将百镒金，挽留一寸晷”（明代周履靖），这些人们耳熟能详的箴言金句，是对时光之宝贵生动而形象的阐述，千百年来，始终警示和激励着一代又一代人在岁月的长河中劈波斩浪，勇往直前，创造出灿烂的文明，谱写人生的华彩篇章。

问世上谁最强大？无疑是时间。时间可以造就一切，时间也能毁灭一切。时间是铁面无私的，对任何人都不会偏心，无论贫贱贵富，都无法挽留时间的匆匆脚步；时间又是温柔贤惠的，一颗公平心，善待勤奋人，你珍惜尊重、善作善为，它就会让你心随所愿、梦想成真。虚度光阴，人生苦不堪言；惜时奋发，岁月无限风采。

人生和时间既相伴相随，又角力抗争。人生步履匆匆、时光一刻不停，这是一场剧烈的竞技、比拼。一个人从出生起就注定要和时间展开一场赛跑。跑过了时间，你就是成功者；被时间超越，你就一无所获。惜时的人，就是时间的主人，能够主宰时间、用好时间并能创造时间，诚如鲁迅所说的“时间就像海绵里的水，只要愿挤，总还是有的”，“惜时”就是这样一种锲而不舍的韧劲、心无旁骛的意志。

又一个春天欢快地向我们走来了！让我们抖擞精神、重整行装、跃马扬鞭，在惜时奋发中给人生添彩、为岁月增辉吧！

惜　字

人之珍惜，重在“惜字”。文字是人类最伟大的发明。文字记录着文明，也创造着文明、传承着文明。珍惜文字，就是要如饥似渴地追求知识、孜孜不倦地学习文化、满腔热忱地弘扬文明，就是要坚定学习思考的意志，让知识成为照亮人生之路的明灯。

“人生醒悟识字始”，文字是破解人生密码的金钥匙，学习是人生永远的功课。从认字、写字起步，不断去攀登知识的山峰，去领略文化的风景，去创造世间的奇迹，谱写或壮丽感人或平凡厚实的人生篇章。文字正恰如人生的壮行酒、前进的探照灯，为我们充实能量、引路导航。

五千多年的中华文明史，传诵着许多“敬惜字纸”、奋发读书的优良风尚和动人故事。在国人心目中，文字是神圣的，文字是崇高的，爱惜文字如同爱惜生命，以至于对所有写着文字的纸张，都珍爱有加，从不随意丢弃。出于对文字的崇敬，过往的岁月中，人们曾不吝花费巨资建造起一座座“惜字亭”，虔诚地将散遗于各处的写有文字的纸张收集起来，送往“惜字亭”内火化，用这种行为来教化子孙后代勤学苦读，用心可谓良苦，感情足见真挚。

“惜字读书”在国人心中始终是家业兴盛、行世立命的根本。“几百年人家无非积善，第一等好事只是读书”、“前世无财当过客，今生爱字未为贫”、“万石家风惟孝悌，百年世业在诗书”，这些书写于千百年前的楹联佳句，穿越时代风云，强烈表达着一个民族知大义、识大体、谋大局的品德和胸襟；这些萃取于社会变迁中的闪光思想理念，历经岁月沧桑，至今仍清晰地镌刻在各地古民居的厅堂，更烙印在中华儿女的心头，时刻传达着谆谆教导，启发着人们勤读勤学。

世间的功名利禄都是过眼云烟，唯有惜字读书是人生永久的作业；天地间万物都有生命周期，荣枯轮回，唯有文化、文明汪洋姿势，滚滚向前。惜字读书是照亮人生前行的火炬，是滋润人生之花的甘霖。《抱朴子·崇教》说：“饰治之术，莫良乎学。学之广在于不倦，不倦在于固志。”今天我们说“知识改变命运”，学习使人进步，惜字读书须臾不可松懈；汉代刘向认为“少而好学，如日出之阳；壮而好学，如日中之光；老而好学，如炳烛之明”，今天我们立志“活到老、学到老”，就是在传承“惜字”的美德，让读书学习成为人生不竭的动力之源。

时代发展了，社会进步了，在教育得到日益重视的今天，学习的条件有了巨大的改善，读书也早已不是少数人的特权，全民阅读、提升素质也已成为时代的潮流。身处新知识、新科技不断涌现的伟大时代，我们应当不断拓展阅读学习的范围，像蜜蜂那样追花逐蜜，广泛吸收世界上的一切文明营养，像苏东坡那样“发奋识遍天下字，立志读尽人间书”，让学习成为人生进步的加速器，用知识的如椽之笔去书写精彩的人生故事。

惜　缘

人之珍惜，更应“惜缘”。“惜缘”就是要以仁爱之心爱人、以自省之心待己，以善行天下，以诚育正气，构筑和谐、互敬的社会风尚。

中华民族是礼仪之邦，从来就有“老吾老以及人之老，幼吾幼以及人之幼”的爱心和品德。珍惜缘分，就是要以一颗平常心待人接物，行为处世；珍惜缘分，就是要以一颗包容之心协调矛盾，增进团结。惜缘行善，以诚相待，让世界充满爱，就能营造一个美好的世界。

“有缘千里来相会，无缘对面不识君。”大千世界，芸芸众生，茫茫人海，熙来攘往，与谁相遇、与谁相识、与谁相知？一切皆为缘分。缘分看不见、摸不着，它无影无踪，却又无时不在；它无形无迹，却能改变世界。缘分看似玄妙无比，实质并不神秘：或因“同声相应，同气相求”，或因求职谋生、求学深造，让本不相识的你我他走到了一起；或是平凡的一个场景，或是随意的一次行走，让天南海北的你我他相逢相遇。这就是一种缘分，都值得我们珍惜。多年故友挚交的推心置腹，固然是对缘分的珍惜；匆匆一面时的微笑问候，同样是对缘分的礼敬。故友新朋、路人过客，无论相处时间的短长，无论年龄职业的异同，能够遇见，就是缘分，就需珍惜。笑口常开，人生四季如春；珍惜缘分，岁月和睦祥和。

以一颗惜缘之心对人对己，你的朋友圈就会越来越大，你的人缘就会越来越好。珍惜缘分，真诚为本。“惜缘”的人是通情达理、诚实善良的人，淡看宠辱，笑对得失。“惜缘”讲的是以心换心，“与人以实，虽疏必密；与人以虚，虽戚必疏”，真诚是滋养缘分的甘霖，虚伪是侵害缘分的毒药。“与人以实”才能两情相悦、如胶似漆；“与人以虚”只会损人害己、众叛亲离。珍惜缘分要有包容之心，宽厚为怀，与人相处要多看他人的优点和长处，“君子崇人之德，扬人之美”，要以善待人、以诚自律，不可只顾自己三分地，无视他人七分田。珍惜缘分，要懂得感恩，感父母养育之恩、感同伴帮扶之恩、点水之恩，涌泉相报，“投我以木瓜，报之以琼琚”，互敬互爱，缘分不衰。斤斤计较会让美好的缘分化为乌有；患得患失，会让知心的朋友分道扬镳。“人字的结构就是相互支撑”，美好的缘分能让这支撑更加坚固。每个人都不能包打天下，独行剑侠只是江湖的传说。人生总有需要锦上添花、雪中送炭的时刻，珍惜缘分吧，它会在需要时给你勇气，在黑暗中给你光明。

当然，我们说要惜缘互爱、礼敬关怀，不是提倡无条件地迎合附和亲友、同志、朋友，更反对在为人处世中搞庸俗的“关系学”，彼此阿谀奉承、吹吹拍拍，切记：重义而不坏礼乐，关爱而不损公德，乃是“惜缘”的要义。正所谓：包容让缘分长久，功利让缘分变质。

惜时、惜字、惜缘，纵然岁月山高水长，你也有披荆斩棘、高歌行进的力量；勤勉、学习、关爱，即使前路烟雨迷茫，你也能辨明方向，抵达向往的远方。道一声珍重珍惜，人生阳光灿烂。

像树一样活

已是三九严冬，我却喜欢回味秋日里落叶飘飞的树木。

每当时令进入秋季，一阵阵西风便拉开了树木落叶的序幕。尤其是在四季分明的北方，此时你会发现无论是街市上的梧桐、银杏，庭院里的栾树、槐树，从莽莽群山，到市井乡村，大多数的树似乎都进入了暮年，那满枝满桠从春天就积蓄起的形态各异的绿叶，在一天天地变色、一点点地枯萎。最后，伴随着越发强劲的萧瑟寒风，或成群结队，或独自飘零坠落在大地的怀抱。地面上的落叶，时而翩跹起舞、如诗如画；时而静默无言、含情含笑。没有了绿叶的那些挺直或弯曲着伸向天空的树，枝干裸露地站立着，素颜洁面，肃穆孤冷，以一种凛然的姿态开始了生命的又一个旅程。

树，无疑是大自然中最顽强的生命之一，更是人类亲密的伙伴。而在我眼里，树又是极富担当精神和自律意识的存在。它不喧嚣，不做作，不与鲜花争艳，不与芳草争俏，只默默地行进着自己生命的旅程。长于高山，便与峻岭共擎蓝天；生于乡野，就和野草同守溪泉。当狂风骤起，树张开怀抱，就是一堵守护家园的墙，不惜以折毁自己为代价；遇烈日临空，树伸展绿荫，就是一顶酿造清凉的伞，不吝让自己干渴至憔悴。风和日丽、春雨潇潇的时候，它沐浴甘霖，用昂扬的姿势顶天立地，显示存在；赤日炎炎、骄阳似火的时节，它舒展绿荫，以宽厚的胸怀呵护芳草，放飞爱心。我常常觉得，人们歌颂绿水青山，其实就是在礼赞树的奉献和作为；人们赞美风景旖丽，其实就是在褒奖树的伟岸与无私。

我也和很多人一样，曾经无数次地赞美过春天明媚阳光下绿叶婆娑的树，夏季朗月星空下绿荫如盖的树，用生机、活力、希望、朝气等种种美好的词汇，来表达对它的热爱和景仰，感受着“梨花千树雪，柳叶万条烟”的水墨意境，体会着“碧玉妆成一树高，万条垂下绿丝绦”的诗情画意。也曾无数次地在西风劲吹、落叶飘零的时节，为蜕去盛装、渐显老态的每一棵树而惋惜，甚至哀叹，痛惜“秋风生渭水，落叶满长安”，陡生“无边落木萧萧下，不尽长江滚滚来”的惆怅。忧虑这些树落尽繁华之后是否会有下一个绿荫蓬勃的春天？忧虑这些树遭受霜雪绞杀之后会不会就此沦为朽木枯枝？

然而，这些树却以生生不息、逢春而发的事实不断地消除着我的这种担忧、这种悲观。我无数次欣慰地看到，不论高大伟岸的或清瘦纤弱的，每一棵树，在秋冬蜕去的绿叶，总是会在款款春风中重回枝头，标识新的高度与格局；每一棵树，被霜雪拥抱的身躯，总是会在莺歌燕舞中昂然挺立，焕发新的生机与活力。阳光下，它们舒展婀娜；春风里，它们起舞欢唱。

我明白了，落叶其实是树的一种自我保护方式。秋冬来临，日照缩短、气温下降，树的生存环境和条件恶化，面临着水分供应不足等多种考验和磨难。树深知自己抵挡不住贪婪西风的肆虐，更无法抗拒凛冽北风的摧残，而枝头那在春夏发挥光合作用为树的生长源源提供养分的绿叶，此时也成了消耗能量和水分的“罪魁”。如果不惜代价地去抗争、去搏斗，不计后果地张扬绿叶，耗散水分，整棵树就有可能倒毙在狂风的血盆大口之中、折损于暴雪的惨白魔掌之下。于是，在秋风起时，树便及时地卸下盛装，落叶自救，守住生命所需的水分，以静制动，苦练内功，不去无谓地耗费能量。此时，你再看吧，任北风呼啸，树只以钢剑铁戟般的肢体和它周旋，随性地且吟且舞装点世界；任飞雪迷漫，树只以不动声色的姿态和它拥抱，机灵地化雨雪为甘霖滋润心田。如此看来，清寒卸下的是树的负担，春风迎来的是树的希望；雨雪敲打的是树的意志，阳光温暖的是树的心灵。

由此，我领悟了树的智慧和聪颖，而不再去为每一棵树的落叶而忧虑，不再为严寒中树的清瘦干枯而伤感。我懂得了，面对严寒风霜，树深知自己的能量，明白自己的作为。它不去固执地高挑自己绿色的旗帜，不图一时之强，做无谓的消耗，而是顺时应势，洗尽铅华，秋蓄冬藏，以内心的丰满享受大地的滋养，默默地蓄积生长所需的能量。我明白了树的韬略和胸怀，更加理解了树的选择和姿态。每一次落叶，都是树培根固本的规划，一年年轮回续写着生命不息的顽强；每一次落叶，都是树对大地母亲的回报，一片片依偎铺展出大地御寒的锦绣。历经繁华，受尽景仰，收放有度，吐纳规律，在我看来，这些树，活出了辩证法，活出了大局观，活出了眼前利益与长远目标的科学协调，一句话，活成了人类的老师和榜样。

人当像树一样活。人的一生虽然短暂，但也如大自然一样，一年四季都有不同的风景，从稚嫩走向成熟，每个季节都有喜、有忧，有乐、有愁，有精彩与得失。再细而察之，我发现人的一生其实与树的生长轨迹又极其相似。一样有幼苗破土的新鲜与欣喜，有绿叶葳蕤的朝气和昂扬；也少不了会受到风霜雨雪的侵袭和折腾，会面临进与退、藏与露、

高韬和内敛、躁动和安静的抉择，会直面取与舍、攻与守、骄傲与谦逊、亢奋与低调的是非，像树一样地活，循时顺势，收放有度，动静相宜，人生就有更多的自在与自由、更为宽广的生路与生机。

像树一样活。不要因为有了春夏的青枝绿叶、强健躯干而忘乎所以，无视身边柔弱的花草、涓涓的溪流，而一味地去讨好高悬的骄阳与蓝天；要时时不忘低头向脚下的土地道一声平安，铭记并感谢土地给予的滋养和包容；不要因为拥有蓬勃的绿荫能够遮风挡雨而沾沾自喜、居功自傲，要知道这就是自己天然的使命和担当，唯有尽心尽力，才能不负韶华，无愧岁月；更不要因为有秋冬的风霜雨雪、落叶枯枝而心灰意冷、顾影自怜。内心的强大、精神的充盈，才是生命不息的动力源泉。

落叶是树木新生的智慧秀，坚韧是岁月和美的吉祥符。青壮人生，花红叶绿、意气风发，笑傲江湖，踌躇满志，有荣耀、有成就，敢战天斗地，功名财富是渴望的追求；老之既至，繁华落尽，返璞归真，激流勇退，云淡风轻，有见识、有底蕴，不逞强斗狠、勉为其难，快乐平安是唯一的目标。

文人没有江湖

以此上溯两千两百多年，悲愤的大诗人屈原在汨罗江边奔走呼号，与水共唱，与山和鸣，泣血而歌，最后一次深情回望如画的山川，纵身跃入滔滔江水，从此让一个民族多了一个缅怀、祭奠的仪式；九十多年前的 1927 年，身心憔悴的国学大师王国维在昆明湖边一步一回首，紫金城头的落日血一般模糊了他的双眼，革命的呐喊刺激着他的心脏，只一步迈出去，他便成为中华文明史中的一个谜；五十年前一个宁静而又躁动的清晨，黄浦江边，文学翻译家傅雷挽着他的夫人，轻轻踏上安放于棉被之上的小方凳，最后一次相视一笑，将五十余年的体力一瞬间暴发，曾经鲜活的生命就成了悬于钢窗之上的两具冰冷的躯体。

还有多少知名或不知名的文人学者，在时代变迁、社会动荡、文化兴衰的节点上，为坚守一分自尊，为表达一种抗争，选择了同样的归途。

他们或如彗星划过天空，现实的生命短暂，留下的却是恒久的光辉；或如萋萋之芳草，虽屡遭摧压，却仍能不屈生长，个体虽渺小，影响却如璀璨星光般夺目！这类人是文人中难得的精英，是人类文明征程中的执炬者。但毋庸讳言，他们都不是现实社会中的得意派，都不是时代江湖中的弄潮儿。在他们一己的精神世界，抑或说在文化、学术的天地里，他们是强者，是能手，但处于社会政治的江湖之中，他们却显得渺小无力，往往难以逃脱被淹没和吞食的结局。他们的人生轨迹似乎在昭示：江湖不是文人的竞技场，文人没有江湖！

江湖是什么？江湖是随波逐流，江湖是随机应变，江湖是权势的孵化器，江湖是金钱的游戏场。江湖是为利欲的争斗，江湖是为目的的算计。而这一切，对文人而言，统统都属于无法参透的天机，统统都属于永远解不透的难题。面对江湖的凶险，这一类文人，有的选择了诀别，有的选择了沉默，都以不同的姿态，远离了江湖。虽然江湖并没有因为他们的远离而风平浪静，也并没有因为他们的远离而化作芳草萋萋。但远离江湖的文人却收获了文明的果实，塑造了人性的风骨。正所谓：江湖自有江湖的规矩，文人自有文人的逻辑。文人远去，江湖依然；思想无声，利欲有后。

在我们回望文化史时，我们为至死不屈从于江湖游戏的真的文人祭上一份心香，他们在天地之间书写了一个大写的人字，为万世所称颂；我们也为曾弃业而游走江湖，奢望以一己之心左右江湖的文人惋惜，所幸的是，他们能在最后关头，以身明义，为后世立了一块戒碑！他们虽殊途但同归，都是在用生命诠释：文人没有江湖。

文人没有江湖，是因为文人的价值目标在远方更高的思想峻岭。文人的存在意义，文人的人生使命，不该是去江湖弄潮，而应是去累积人类文明的高峰。在他们的眼里，江湖的浪花和激流是另一个世界的风景，他们自知走不进去。他们不擅于在江湖中兴风作浪，他们勤于用生命和心血为人类传承思想、贡献智慧。有人斥之为“清高”，而当江湖之上风高浪急、血雨腥风之时，这类“清高”给予世界太平的意义又是多么珍贵。真的文人，清高的是思想，容不得一点杂质和污垢；而在现实的世界里，他们往往是朴实而低调的，以一种敬畏、虔诚的心态行走着。浩浩江湖之上，看不见文人伟岸的身影，却能从岁月长河的每一朵浪花中听到他们思想的呐喊；浩浩江湖之上，看不见文人急促的足迹，却能从时代变迁的每一个旋涡里发现他们挺立的姿势。

这就是文人，虽未居庙堂之高，但他们也会忧民，并用自己的学识丰富民众的思想，启迪民众找寻幸福的密码；虽身离江湖之远，他们也会忧国，并用自己的努力发掘文明的宝藏，充实民族的思想宝库。但他们自己，往往不被人所忧、所思，稍不留意，就会成为江湖争斗的陪绑。惜哉！没有江湖的文人，似乎也没有自由。

一个真正的文人，是属于书斋、属于思想的星空，而不属于热闹和诡魅的江湖。远离江湖，文明的火花才能点燃文人如炬的思想；远离江湖，文人才能让思维的心灵培育出智慧的禾苗。如果耐不住寂寞，要去江湖中逐浪弄潮，结果往往会丢盔弃甲。江湖的风雨，会打湿文人思维的双翼；江湖的波澜，会卷袭文人独立的躯干。当屈原义无反顾地投身汨罗江的怀抱时，他彻底地远离了江湖，不再会为谗言、小人所中伤；当王国维纵身投向昆明湖的怀抱时，他追随的不只是被革命掉的一个朝代，而是毕生为之奉献的文明；当傅雷用一根绳束和这个世界告别时，他维护了自己的心灵、人格不被江湖的浊浪所浸染。

真的文人，就是这样的一个群体。他们心里装的是人类社会的文明积累，他们眼里看到的是漫漫岁月人类文明的闪光点。没有江湖的文人似乎是孤独的——但在他们的世界中，他们又是充实的，他们的思想可穿越百年、千年，他们可以和先人对话，能够在尘封的历史中发掘宝藏。你可以说他们是弱者，但精神上他们的强大可以跨越时空；你可以说他们孤僻，但他们奉献的文明成果足以滋养芸芸众生。他们的价值在于融化在时代的文明之中。名声或显赫，地位或尊贵，光环或耀眼，都与他们无关，他们是在用生命书写文明的续篇，他们是在用思想传承文明的薪火。

独立之精神，是他们的座右铭；独立之思想，是他们的指南针。你不要说他们自封，事实上他们的努力为人类的进步提供了源源不绝的营养；你不能说他们自大，事实上他们的一切努力都是在向人类最光辉的文明礼拜。

无论是政治的江湖、世俗的江湖、商业的江湖，有江湖就有流派，有流派就有山头，有山头就有厮杀。文人手无缚鸡之力，不怀利欲之心，如此，一入江湖必定逃脱不了被淹没的命运。

千百年来，江湖诱惑着文人，江湖也考验着文人。历史的舞台上，也走过一些乐于江湖游戏的文人的身影。他们或放纵于舞榭歌台，或表演于高堂深宅，他们或以为自己满腹经纶，足以在江湖上呼风唤雨；他们或感激知音，愿以一生相许，欢欣鼓舞地参与江湖的舞蹈，为表达自己的崇敬而秉笔、呼号。那种真诚，天地可鉴，那份忠心，星月作证。然而，他们纯情地歌唱着江湖，虽曾得一时之快哉，江湖的风浪最终还是把他们无情地吞没；他们由衷地书写着江湖，虽曾享一时之名利，江湖的旋涡最终还是将他们无情地卷入。有道是：江湖易入，全身而退却难。

文人又是坚强的，文人更是可敬的，当他们在文化的田园里耕种时，他们不惧土地的贫瘠和荒芜，他们会把自己的心血化作养料，培育出思想的禾苗和硕果；文人的天性是率真的，率真到有些顽固，当他们带着无限的热情参与到江湖中弄潮时，这份率真却成了他们的拖累；文人的天性是单纯的，单纯到有三两颜料就觉得可以开染坊，当他们凭一腔热忧歆承担对他们而言过于沉重的责任时，这份单纯却使他们无法应对江湖的复杂。他们不谙江湖的水性，走入江湖，就难免成为一个可怜的溺水者；他们看不懂江湖的规则和凶险，走入江湖，就难免前无方向后无退路。失望、悲怆，激奋、自戕，是抗争，也是觉醒，更是自白——到底，文人没有江湖。

苏东坡：三辆车、一生路

苏东坡（苏轼）绝对是中国文化史上的一朵奇葩。作为文人，诗、书、画都有闪光之作，传诵千年；作为官员，济民、解困、排忧，政绩不凡；作为美食家，东坡肉、东坡鱼，色、香、味俱全，流传至今。而其宠辱不惊、旷达豪放的个性，更是在中华文明史上成为一支醒目的标杆。千百年来，人们诵读苏诗、苏词，研鉴苏画、苏字，品尝东坡肉、东坡鱼，苏东坡，像是一个幽灵，在中国人的心中挥之不去，并随着岁月的流逝而越发清晰，时不时在坊间引发各种不同的话题，掀起一轮又一轮的“东坡热”。

前不久，苏东坡故乡的四川人民艺术剧院全力打造了一台名为《苏东坡》的话剧，让人们的目光又一次聚焦到这个千古奇才的身上。该剧从苏东坡极具传奇色彩的人生中，截取了他发配黄州、惠州、儋州这几个片段，将其一生浓缩于这三段起伏的人生波浪之中，演其性、展其才、示其德，呈现出他思天下忧患、有担当作为的精神世界。对于该剧的艺术成就、思想内涵，业界、坊间都已有很多精辟和深刻的解读与赞赏。诚如斯言，该剧集民族传统、川剧元素、化繁为简、写意传神为一体，艺术魅力有目共睹，确实可谓当下不可多得的上品之作。

“一千个读者的心中有一千个哈姆雷特”，每一部优秀的艺术作品总会引发各种不同的解读和诠释，对《苏东坡》而言亦如是。在我看来，该剧的一大亮点是在简洁到极致的道具中，有三辆不同性质的“车”——这一既普通又寓意深刻的交通工具一直贯穿于始终，与苏东坡的命运紧紧相连。因此，作为个体的艺术体验，我以为该剧正是通过“车”与“人”的关系来演绎苏东坡起伏的一生，并由此来表达对于人生、命运的思考，从而引发人们在艺术趣味和思想情感上的共鸣。

苏东坡本名为“轼”，就此而言，他和“车”的缘分似乎是命中注定，而把“车”作为贯穿始终的重要道具，则是当代艺术家们对苏东坡人生密码的破译和呈现，可算得上是一种匠心独具的艺术设计。大幕初启，舞台中央就是一辆木制的小车，几个演员既是剧中的人物又充当了解说员的角色，就着这辆小车顺水推舟般地把苏东坡的名字“苏轼”的来历做了交代（轼乃为车前的扶手，虽不起眼，却能让人在车行之时有安全的依托），也是给全剧、更是给苏东坡一生的坎坷做了伏笔式的概述。接下来囚车、官车、板车这三种不同的车就依次成为他一生不同阶段的陪伴，每出现一次，带来的都是一次人生的重大转折。三辆车、一生路，给观众留下了极为深刻的印象。

剧中苏东坡辗转“黄州、惠州、儋州”，其实就是历经“上车、下车、推车”，走过的是一条起伏不定、坎坷崎岖的人生之路。想当初苏老泉以车前的扶手为他这个儿子取名“轼”，本意就是提醒他要低调做人，高调做事，默默无闻却能扶危救困。殊不知，儿子却忘了老子的苦心，自以为饱读诗书、满腹经纶，便欲以天下为己任，一展功名成就之雄心。虽政绩可彰，却因豪放旷达、率性而为、耿直仗义，也难免屡遭仕途不测，备受挫折打击。

公元 1079 年（宋元丰二年），在官场春风得意、踌躇满志的苏轼忽遇天降横祸，因“乌台诗案”被朝廷押解至京，次年元月即被流放至黄州，从此开始了他人生第一段的颠沛流离。这一史实就是剧中“囚车”桥段的由来。

“凛然相对敢相欺，直干凌空未要奇。根到九泉无曲处，世间惟有蛰龙知。”（《王复秀才所居双桧二首》之二）这是苏东坡惹祸的诗作之一，虽然他只是托物言志，用诗文表达了一下自己如桧树一样挺拔不屈、光明磊落的品格，本不是犯上刺政的初衷，却被政敌指控为有“不臣之意”而引牢狱之灾。无限冤情，却有口难辩，只能披枷戴锁，任人发落。所幸的是，他并未因此而颓废，发配的噩运给他带来了融入自然、亲近山水的机遇，使他能从天地万象、山川变迁中得到对人生更多的感悟，在黄州垦荒耕耘，吟诗抒怀，放歌“大江东去”，纵览岁月风云。似乎于不经意间把噩运转化为了人生难得的财富。

文人的命运与国运、政运紧密相连，几年后，已是田间熟练耕夫、闲散东坡居士的苏轼又承蒙皇恩，咸鱼翻身，迎来命运的转机，再度进京身居要职，春风得意马蹄疾，江湖快意显身手，他又重燃驰骋官场的信心。岂料此时政坛争斗已如火如荼，几派势力你来我往，苏东坡亦成为他们所要争取、拉拢的对象，决胜的棋子。《苏东坡》一剧通过司马光邀请苏东坡搭乘他的“顺风车（官车）”这一情节设计，亦庄亦谐地重现了这段历史。人生就怕搭错车，同车却不同道带来的后果是严重的。东坡与司马在车上展开了一场辩论，政见缝隙愈发拉大，只好分手下车——他或许也明白，这次的“下车”其实就是他在仕途上的又一次“下课”，即便如此，他也不委曲求全、明哲保身，仍坚定自己的政见和信念而不悔。这一执着的个性也就决定了他永远是政治斗争的牺牲品。没过多久，他又被贬至惠州直至更加遥远的儋州，无奈地推起自己的私家车——那辆普通的板车，踏上漂洋过海的谋生之路。至此他或许才真正地明白：囚车让他受苦、官车让他受罪，只有推起自己的板车，他才能自如自得，找到真正的自我。自己能够掌控的也只有这辆车，也只有这辆车才是能够伴随一生的亲密伙伴。

纵观苏东坡的一生，既有在杭州筑堤修路、繁荣西湖的丰功，又有黄州开荒、东坡耕耘的随意。本不该是个循规蹈矩之人，却又有功名事业之心，江山易改，本性难移。天生是根车轼，却挤在了方向盘的位置上，即便有满腹经纶，但生不逢时、用非所在，也难免发生悲剧。也许有人会说“磨难出诗人”，如果没有这番坎坷的人生经历，苏东坡也许就没有这些流传至今的诗篇。这样说来，以一己之不幸，换来文化之果实，也算是另一种人生境界了。但就苏东坡本人的初衷而言，他断然是不情愿以如此的代价、如此的方式去博得青史留名，以身许国、参政议政才是他最初的抱负。所幸的是，每一次被贬，都让他有了更多思考人生、体悟社会的机缘，于是便有了“浩然天地间，惟我独也正”“矫首独傲世，委心还乐天”的自得自豪；每一次从政治的高层跌落，都让他在文化的峻岭上征服新的高峰，有了“且夫天地之间，物各有主，苟非吾之所有，虽一毫而莫取”的感悟。如此起起落落，给人生画出了一道别有意味的轨迹。

作为话剧，《苏东坡》以“车”为道具展现苏东坡起伏坎坷的一生虽然是对历史真实的一种艺术提炼和加工，但毋庸讳言，真实的苏东坡和话剧《苏东坡》又实在是以个体的经验诠释和演绎了人生的全部内容。苏东坡一生历经“黄州惠州儋州”，频频“上车下车推车”，荣辱交织，悲喜轮回，既有对“千古风流人物”“雄姿英发”的歌咏和赞美，洋溢一腔豪迈和壮志，又有“人生如梦”的无奈与感慨，这不也正是人类的共同命运逻辑吗？“人有悲欢离合，月有阴晴圆缺”，一生一世，岁月难避风高浪急的洗礼；古往今来，人生鲜有一路凯歌的荣光。像苏东坡一样，每个人的生命历程中也都行走着这三辆车，一世光阴，春秋更替，功名业绩，喜怒哀愁，不过就是“上车、下车、推车”的过程。苏东坡因诗惹祸被押上“囚车”这件事，放大至所有人，就是人生过程中的一次劫难，虽然并不是每一个人都会遭遇和他完全相同的不幸，但世事难料，人的一生总难免有各种不测风云。一旦遭遇，能以什么样的姿态去面对？是从此沉沦、消极，还是幡然醒悟、克难前行？这是人生所要面对的考验。苏东坡是一介文人，没有暴力抗争的资本，只能识时顺势，委曲求全，才得以保全自身，但重要的是初心不改，秉性不移，如此，才能渡尽劫波，迎来转机。

人们也许更多的是从苏东坡那些豪放雄奇的诗词中去理解他的旷达与超然，而实际上，苏东坡始终是一个对人生社会有着较深领悟的智者。对于如何行走江湖，如何更好地保全自身，一直有着清醒的认识。在《晁错论》中，他借晁错的个人悲剧，阐述了自己的人生价值观。他明白“古之立大事者，不惟有超世之才，亦必有坚忍不拔之志”“世之君子，欲求非常之功，则无务为自全之计”的道理，他赞赏“为天下当大难之冲”的勇气，他懂得“事至而循循焉欲去之，使他人任其责，则天下之祸，必集于我”“己欲求其名，安所逃其患”的辩证关系。在《留侯论》的开篇，他更为清晰地表达到：“古之所谓豪杰之士者，必有过人之节。人情有所不能忍者，匹夫见辱，拔剑而起，挺身而斗，此不足为勇也。天下有大勇者，卒然临之而不惊，无故加之而不怒。此其所挟持者甚大，而其志甚远也。”从这些文字中，我们不难看出苏东坡那种看透人生、洞悉社会的智慧和担当作为的勇气，正是有了这种担当的勇气，才使得他不愿见风使舵，见利忘义，即使是遇上利禄双全的“顺风车”，也会毅然离去，不为眼前的福利而迷失自我，改变自己的人生观、价值观，放弃自己的人格尊严。这才是苏东坡真正的处世哲学、人生哲学。

如果说与“囚车”“官车”这两辆车发生联系，很多时候都是身不由己，那么，那一辆伴随他走南闯北的板车，则是苏东坡以及我们每一个可以自行掌控的人生座驾。只有推上这辆车，苏东坡才有了自如、自得、自我的满足，每一个人的人生轨迹大致亦如此，囚车、官车、板车，其实就是人生的逆境、顺境、自如之境，囚车也好、官车也罢，逆境的烦恼、顺境的自得都不可能随你到永远，最后和你一起走到人生终点的，还是那个看似不起眼却能给你带来方便、快捷、舒适的最好的伙伴。人一生充满机遇、挑战、磨难，不同的价值追求，要面对不同的规矩和原则，而有的人天性就属于不按规则出牌的，给他们规矩、刻板的人生，他们会觉得人生无趣无聊，宁愿放弃所有，也要去获自由、寻放任；有人热衷于争权夺利，这就注定他的人生会劳心劳神，大起大落；有人追求自由、随性，就难免要承受风吹雨打、颠沛漂泊的磨难。人生就是这样一幕浪漫主义与现实主义相融、相斗的大戏。从这个意义上说，我们每一个人的人生之路上，都行走着和苏东坡乘坐过的同样的三辆车。

苏东坡的可贵在于仕途顺时，投章献策，积极作为，全身心投入工作，且有主见，不盲从，虽遭贬而不辞；逆境时，融入自然，礼亲百姓，把对人生、社会的思考溢于笔端。在朝则为好官，下野乐做骚客，无论哪一种境遇，都能让自己的才华得到释放，从不荒芜生命的田园，始终使其杂花生树，一派生机。这就是人生价值的实现，也正是苏东坡一直为后人所景仰的原因吧。

浅唱低吟

地老天荒、百代更替，比楼阁坚固的是文字；风起云涌、千秋传诵，让文字不朽的是情怀。

比楼阁坚固的是文字，让文字不朽的是情怀

李元婴怎么也不会想到，当年他为了纵情娱乐、游观宴集所建的这么一栋楼阁，会在历史的帷幕上留下这么长久的印记，以至于在遭受28次天灾人祸、兵患火袭之后，每次都能以更瑰玮、更气派的姿容再度挺立在豫章胜地、赣江之滨，承接日月光华，坐享万人敬仰。

而与李元婴不同的是，当少年天才王勃挥笔写就那篇似乎偶然得之的应景之作时，也许就已经看到浩荡的江风正将墨迹未干的字字句句传播到天地之间，刻印在无限的苍穹之上，成为此后历朝历代都会被传唱的篇章。但他也不会知道，是他更是他的锦绣文字让这楼阁及阁主与他一起青史留名、风光无限。

这就是唐朝永徽四年、唐太宗之弟“滕王”李元婴任职洪州都督时建造的“滕王阁”以及王勃的那篇《滕王阁序》。

检阅一部中华文明发展史，恐怕找寻不到还有哪一座建筑能像滕王阁这样，在一千多年中，遭受28次的毁灭性劫难却能29次重生，依然能够傲然屹立，受人膜拜，尽享世间殊荣。

回望数千年，中华大地上曾建有奇楼无数、名阁无数，却多为岁月的匆匆过客。是的，沧海桑田、岁月流逝，无论多么精美、多么坚固的建筑都经受不起。真正能够穿越岁月的硝烟不屈不挠走到今天的，实在是为数不多。即便是那些“留存”至今的，大多数也是历经了毁灭、新生、新生、毁灭的漫漫长路，而早已不是最初的模样。

深秋时节，我慕名来到赣江之滨，朝拜这座心中的圣殿。眼前这一座瑰玮绝特的建筑，已历经28次兵火劫难，于20世纪80年代末第29次重建，整体模仿宋代的风格建制，气势雄伟，古风浓郁。站在它的面前，我竟不由自主地想到了与它并称为江南三大名楼的岳阳楼、黄鹤楼。

相比始建于三国时代的岳阳楼、黄鹤楼，唐朝初建的这座滕王阁无疑最为年幼，而其遭遇又最为坎坷。在历史的长河中，它们有着历经磨难、数度重建的相同遭遇，都承载了太多的时代风采、岁月痕迹，留下许多动人的故事、奇幻的传说；更重要的在于，它们都有著名的才华横溢的诗人墨客留下绝美的篇章，为其壮声色、添风采。这些雄奇峻美、文采飞扬、意境深远、情怀炽热的篇章，浸润着丰厚的人文内涵、饱满的时代情怀，成为人类永世不朽的精神财富、文化瑰宝。

洞庭湖畔的岳阳楼相传最初是三国时期东吴大将鲁肃的“阅军楼”，俨然自带雄武之风。然而让其真正闻名于世、声誉远扬的，却始于北宋庆历五年(1045年)春，受谪为岳州知军州事的滕子京重修之举。更准确地说，是因为滕之友人范仲淹应邀而写下的那篇《岳阳楼记》。此后的岁月里，岳阳楼十多次遭兵火损毁，又五次三番得以重建。

而那座雄踞于武汉长江之滨的黄鹤楼，相传是三国时代东吴孙权为了军事目的而建；又传说初为当年辛氏人家开设的酒店。无论传说的真伪，仅以这两种用途来看，当初的黄鹤楼断然是不会有此后特别是今天这样的气派。只是到了唐永泰元年（765年），此“鹤”才以一飞冲天之势，形成洋洋大观的规模和格局。而此后若干年，同样难逃兵火浩劫，屡建、屡毁，直至荡然无存。20世纪80年代中叶，黄鹤楼再次得以重建，与之前相比，今天的黄鹤楼无疑更加高大雄伟。

物换星移，山川变幻。我此番登临滕王阁，虽然天公不作美，江面上雾霭茫茫、波澜不惊，我无法领略王勃当年所见到的那般胜景，难觅

"画栋朝飞南浦云，珠帘暮卷西山雨"的至美画面，难寻"渔舟唱晚""雁阵惊寒"的凄清意境。举目湖畔江滨，参差错落的现代建筑，切割了曾经风走云飞辽阔高远清朗明澈的天际线；拾阶楼内阁中，钢筋水泥的坚硬刻板，凝固了唐诗宋词晓风残月落霞菱歌的柔软。但只要畅想起"落霞与孤鹜齐飞，秋水共长天一色"的壮丽，我的眼前仍然会浮现出天高地阔、水长霞满的无限风光；只要吟诵起"老当益壮，宁移白首之心？穷且益坚，不坠青云之志"的铿锵，我的心中仍然会激荡起英雄气盖山河的豪情壮志。这时，我便忽略了去细究楼阁的真伪与新旧，不去责怪流行的商业气息已悄然给它披挂了时尚的袈裟。

黄鹤楼又何尝不是如此呢？无论它曾有过什么样的风光历史，而真正使其名声大噪的却是唐代诗人崔颢的深情吟唱："昔人已乘黄鹤去，此地空余黄鹤楼。黄鹤一去不复返，白云千载空悠悠。晴川历历汉阳树，芳草萋萋鹦鹉洲。日暮乡关何处是？烟波江上使人愁。"正是这首吊古怀乡、借景抒情的千古绝唱成就了这座千古名楼。而李白的一声感叹"眼前有景道不得，崔颢题诗在上头"，则使得崔颢的诗与楼有了更加神秘的色彩。当然，我们也不该忘记李白的那首《黄鹤楼送孟浩然之广陵》："故人西辞黄鹤楼，烟花三月下扬州。孤帆远影碧空尽，唯见长江天际流。"那番惆怅、那种豁达，是黄鹤楼给李白带来的灵感，也是李白给予黄鹤楼的情感馈赠。

如今登临岳阳楼极目远眺，或许欣赏不到那曾经一饱范公眼福的"浩浩汤汤，横无际涯；朝晖夕阴，气象万千”的日月变幻，感受不到“淫雨霏霏，连月不开，阴风怒号，浊浪排空；日星隐曜，山岳潜形；商旅不行，樯倾楫摧；薄暮冥冥，虎啸猿啼”的满目萧然。但只要我们朗诵或默诵起他的《岳阳楼记》，我们仍然会获得心旷神怡的愉悦，内心深处体验到另一种“春和景明”的气象，涌动起“先天下之忧而忧，后天下之乐而乐”的悲壮而伟大的情怀。

雕梁画栋、镶金嵌银的楼阁，在兵灾火患面前不堪一击，而先贤们留下的隽永篇章却坚如磐石般稳坐在历史的帷幕下，熠熠生辉，被世代奉为经典，口传心诵。原因在于这些篇章不仅记载描写了风光的绮丽和楼阁的伟岸，更在于借景与楼表达了坦荡磊落、昂扬乐观的情怀。也许正是为了这些诗文，为了给后世的人们能够全面地理解和感悟这些诗文的魅力，历朝历代，才会不惜血本地再造这些楼阁。是楼阁成就了这些文字，还是文字成就了楼阁？或许是相互成就着？

在我看来，当这些伟大的篇章诞生后，楼阁就算是完成了它的使命，赚足了千古流芳的本钱。从此，废或立，兴或亡，似乎都不重要了。在滕王阁里的展厅里，我们能看到自宋朝以来，不同年代重建的滕王阁模型。宋代的堂皇之峻、元代的朴实厚重、明清两朝的园林意境，每个朝代都在它身上刻下了自己的印记。而第 29 次仿宋风格重建的滕王阁，更已不是一座独立的楼阁那么单调了。围绕着高大的楼阁，建起了古风幽幽、碧瓦重檐、画栋彩柱的建筑群。开阔的广场、配套的裙楼，俨然是一处洋洋大观的仿古旅游景点。然而，这一切，又怎么能离得开王勃的那篇《滕王阁序》？

楼早已不是当年的那座楼，只是一个记识奇文美篇诞生的符号；文字虽还是当年的文字，却有着千百年一脉相承、常读常新、隽永深邃的思想情怀，而这些文字，正是让这些楼阁得以浴火重生的魂与神，彰显着人类的智慧与才情。

兵患火灾，可以将高楼名阁化为灰烬，却扼杀不了文字的生命。地老天荒、百代更替，比楼阁坚固的是文字；风起云涌、千秋传诵，让文字不朽的是情怀。

党校三章

红叶随想

进入秋季，风和日丽，天高云淡，在中央党校学习的同志们总爱到学校体育馆门外的那片小树林去摄影、留影。这里有一片茁壮的枫树，茂盛的枫叶此时经历了秋风的爱抚、艳阳的拥抱、霜露的滋润，远远望去，在蓝天白云的映衬下，叶红炫目，像是一丛丛火苗，点燃路人由衷的赞赏，成为美丽校园的一道靓丽风景。

置身于这片红叶之中，无论你职位多高、来自哪个岗位，都会用你最灿烂、最舒心的笑颜，最舒展、最自由的姿态，留下一个永久珍藏的瞬间，把一个成熟的季节，收藏在温馨的记忆之中。然而，不知你是否意识到，这一刻，你珍藏的不应仅是红叶光鲜迷人的形象，你更应该留下红叶成长的故事。每一片红叶，都是在经历秋风、秋雨的洗礼，经历夜霜、晨露的浸润之后，方有诱人的色彩和婀娜的身姿，才能成为装点生活、激发情感的载体。也有些娇弱的叶儿，没能经受住这样的历练，在披上岁月的霓裳之前，便坠落到地面，化作泥土，失去了供人观赏、为人助兴，与金风共舞、与艳阳同耀的欢乐。而我们每一个前来学习的人，又有谁不需要经历各种考验、各种磨砺，才能成为一个对党、对人民忠心耿耿的合格领导者？也曾有极少数在这红叶下留影的人，只爱上了红叶的色彩，没能领悟其中的艰辛，在自己人生、事业的漫漫旅程中，经不住风雨的考验，只乐于享受前呼后拥的热捧、灯红酒绿的奢华，而放松了对自己思想、意志、品德的磨砺，自甘堕落，走向了党和人民的对立面。

于是我想：当我们站在这红叶之下，留下如画景色的同时，是不是也应留下我们对红叶的感悟？我们更应该从红叶的经历中，获取人生成长的道理。

荷塘思绪

进入中央党校南门，过主楼后右行，在档案馆的东边，有一片荷塘。夏秋时节，满塘是摇曳的如盖的莲叶和挺拔于其间的或洁白或粉红的荷花，在翠绿的荷叶的托举下，亭亭玉立，给人艳而不俗、清而不浊的美好感受。每每这时，有很多学友都来此摄取荷花最美那一刻的倩影。而我则把这样一种举动，当作是又一堂思想和心智的教学课，是一次对照内心、检讨自身的实践课。你看，这每一朵荷花，都从水下混浊的污泥中挺身而出，却不带一点泥水和污垢，正是这种坚定的、拒绝一切阻挠的永远向着阳光而行的意志和行动，才使得它们“出淤泥而不染”，成就了婀娜的身姿、沁人的馨香，让人赏心悦目，流连忘返。待红颜老去，它们便化作香甜的莲子，为人们的健康奉献出最后的生命。我们每一个人，特别是每一个领导干部，不正是可以从它们身上得到很好的启迪吗？洁身自好、远离污垢，你才能出落成人见人爱的花朵，装点人们的生活，为民谋福谋乐，成为一个于人民、于社会有价值的存在。当今社会，诱惑多多，如果没有坚定的意志，如果缺乏出淤泥而不染的自觉，丧失追逐阳光、不断向上的勇气，而留恋于湖水之下的温暖和舒适，你就可能会陷于污泥而不能自拔，非但绽放不出美丽的花朵，反而会和污泥浊水混为一体，在黑暗和潮湿之中枉度一生。

让每一个走进校门的人，都能在第一时间看到这片荷塘，观赏到这片荷花，进而生发出这些感想，不知是学校有意而为，还是一种巧合？

校训感悟

每一个在中央党校学习过的同志，都会对学校主楼北草坪上矗立的那块巨大的石碑留下深刻的印象，这里也是学友们留影最多的地方。石碑一面镌刻有毛泽东同志手书的中央党校的校训“实事求是”，另一面镌刻有毛泽东同志手书的党的最高宗旨“为人民服务”。九个大字，苍劲有力，凝练地体现了中国共产党人的思想路线和奋斗目标。两番入学，我也和许多学友一样，多次在这块石碑前驻足沉思。这九个大字，是中国共产党人用生命和鲜血总结的经验和宗旨。这块石碑矗立在此，就是告诫每一个前来学习的同志，要从思想上深刻领会这九个字的含义，在行动上努力践行这九个字的要求。这九个字，刻在石碑上，更应该刻在每一个共产党员的心坎上。这块石碑，是一个无声胜有声的警示和鞭策，无时无刻不在告诫每一个党的中高级干部，要从思想深处全面、完整地去把握这九个字的深刻内涵，提醒着我们进一步树立“实事求是”的思想作风，坚定“为人民服务”的人生价值追求。看似简单的九个大字，凝聚了数代中国共产党人的奋斗和牺牲才换来的真理和思想，是一条金线，贯穿在我们党一百多年的风雨历程中，经历无数次血与火的洗礼，而成为指引我们党从挫折走向胜利、从胜利走向更大胜利的旗帜！站在这里，回首党的奋斗历程，每一个人都会热血澎湃，精神振奋，感受到肩负的责任和使命的重大、艰巨；站在这里，每一个人都会思绪万千，浮想联翩，对照自己的言行，是不是始终遵循着这一思想。

石碑前的这一课，没有老师讲解，没有学员提问，但这是一次无声的交流，是一次心灵的净化。走进校门，我们重温这九个字的内涵；走出校门，我们要以毕生的努力去践行这九个字的要求，把“实事求是”作为我们工作、生活的座右铭，把“为人民服务”作为我们人生的最高目标！

阅读是生命的律动

一部文明史，其实就是人类的阅读史。

人类的文明是在阅读中传承、创新、发展的。

一个时代有一个时代的阅读内容。

一个时代有一个时代的阅读方式。

一个时代有一个时代的阅读环境。

遥想文明初始的岁月，我们的先人曾经读过龟片、读过简牍、读过丝帛，并通过这些质朴的媒介，向后人传递着文明的信息；为了阅读，我们的先人曾秉烛伴月、凿壁偷光、悬梁刺股，并通过这些执着的姿势，向后人诠释着生命的意义。

沧海桑田，春秋更替。从读龟片到读简牍，人类走过了数百年时光，镌刻下文明的密码；从读简牍到读丝帛树皮，人类经历了数百度冬夏，累积起文化的高山；从读丝帛树皮到读纸张，人类度过了千年的光阴，开凿出澎湃的文化巨流。而因为现代科技的发展，进入 21 世纪，人类仅用十余年光景，就实现了纸质读物和电子读物的并驾齐驱，让阅读变得更加丰富多彩、千姿百态，将文明提升到一个全新的高度。

古往今来，阅读始终是人类生命的律动，阅读使文明得以传承，阅读也使文明获得新生。阅读为人类开启了洞察社会、反省自身的一扇窗。阅读让混沌的孩童成长为文明的卫士，为历代志士仁人补足了精神的营养。刀光剑影的间隙，过关斩将的武圣关云长夜读《春秋》，忠义情怀激荡，策马纵横疆场；俯首为奴的寒夜，丧权辱国的越王勾践卧薪尝胆，苦读精思汲取先贤的智慧，于沉静中积蓄复兴的能量；岳麓山下的陋室，风华正茂的青年毛泽东披星戴月，梳理中华文明的脉络，探寻救国救民的真谛。阅读给了他们力量，阅读改变了世界！

岁月流逝，斗转星移。人类的生活方式在发生着变化，相伴相随的阅读，从形式到内容也在发生着变化，阅读环境也有所改变。虽然自古以来，被视为最佳阅读方式、最佳阅读环境的是一间白昼洒满阳光、入夜灯火温馨的书房，或是窗明几净、书香弥漫的课堂，甚至有红袖添香、微火焙茗，名师指点、同学磋研。然而，生活的内容是繁杂的，每个时代，人类都要为生计而奔波，阅读固然重要，却远不是生活的全部，主客观因素的限制，使得不可能每个人都有这样宽裕的时空、这样完美的环境，不是每个人的阅读都是这样充满仪式感的。不过，比起阅读的本义，形式是无足轻重的。对于把阅读当作生命之重要内涵的人来说，书斋、课堂固然是阅读的圣地，征途、苦旅也不失为阅读的佳境。有条件要读，没有条件创造条件也要读！聪慧的读书人自有阅读的办法，阅读的时空在读书人的勤勉中变得无限广大。漫长岁月中，人类实践并积累了多种多样的阅读方法，最著名的当数一千多年前宋朝读书人欧阳修先生“发明”并实践的“三上阅读法”，即“马上读、枕上读、厕上读”，意在提醒人们不放弃任何可以阅读的机会，时时阅读，处处阅读，让阅读成为生活、生命的一部分。

这一“发明”突破了阅读的时空局限，体现出人类对阅读的深情迷恋、对时光的充分利用，宛如人类阅读的全景写照，是一幅幅温馨而又励志的阅读画面。

今天的阅读更加便捷。得益于发达的科技和通畅的渠道，和古人相比，当今的我们有了无比优越的阅读条件，从纸质书刊到电子读物，我们的阅读内容变得色彩斑斓，阅读的自由度在提升，阅读的热情也随之高涨，阅读更成了政府号召和推动的一项社会文化活动。从2006年开始，国家有关部门开展“全民阅读”活动，倡导“全民阅读”连续被写进政府工作报告，相关立法也稳步推进。互联网的异军突起，使得购书更为便捷，图书销量不断攀升，图书馆到馆读者数和图书借阅率也在同步增长，多读书，读好书，成为全民共识，一个阅读的黄金时代显然呈现！

今天的阅读方式更加多样。从城市到乡村，大小不一、规模不等的图书馆、图书室当然是人们阅读的首选。能用一天、半天或者几个小时将身心沉浸于书香之中已不是难以办到的一件事。阅读成为当今社会无处不在的姿势。以北京来说，节假日的国家图书馆阅览室座无虚席，老少齐集；亚洲单体面积最大的西单图书大厦人头攒动，书香四溢。当然，也有许多人忙于事务、行色匆匆，难以有完整的时间和条件去端坐在课堂上、图书馆里，静静地阅读，于是类似欧阳修的 “三上”阅读法便成了人们满足阅读渴望的锦囊妙计。

时代不同了，高铁、地铁、飞机、公交替代了欧阳修当年的快马香车，今天的“三上”或可变为“车上、枕上、厕上”，在这些零散的时光里去拥抱书香，不仅可以解乏、静心、凝神，而且能够获取知识、启迪思想，何乐而不为？君不见，车上阅读已然成为城市一道靓丽的文化风景。无论是地铁里还是公交车上，一卷在手，旁若无人，读书读报，自得其乐，是很多城市居民的共同体验。长途列车上的流动书报摊、城市车站的玲珑书报亭，满足了人们的阅读需求。有多少人在等车间隙、旅行途中，或自带，或随时购买一二册书报，在微微摇曳的旅途上，与古人对话，与世界交流。阅读的收获抵消了奔波的疲惫，焦虑的日常作息中因此而留下了一段温馨的记忆。

至于“枕上”“厕上”的阅读相信也是许多人所共有的行为。当你忙完一天的工作，洗尽奔波的尘埃，在温暖的家里，或伏、或卧、或坐、或躺，于沙发、卧榻之上，闲倚一枕、一靠，随意翻开一本喜爱的书，既是身心的调剂，又是对知识的吸取，完全是一种放松的阅读。读得无趣了，就和睡意拥抱而眠。有时梦里就多了点书本中的人和事。“厕上”的阅读虽有所不雅，但也不失为一个展卷的时机。而今不仅城市的住房里大多有了清洁卫生的“方便”之处，甚至一些城市化建设步伐较快的小城镇也都实现了如厕不出门，大大“方便”了“方便”一事的同时，也给人们的阅读提供了又一处所在。当然，“厕上”所读多是闲书，算是一种消遣罢了，不值得多说，只是表明作为一个读书人对时间的珍惜和利用而已。

近年来，公共交通上的拥挤逐渐挤占了人们展卷的空间，难以让人静心阅读。车厢里人手一书一报的阅读场景渐渐落幕了，曾经的阅读场景似乎将离我们而去。

然而，人类是有智慧的，总有办法满足自己的欲望与追求。就在这短短的十来年之中，电子读物以其体积小、容量大的优点横空出世，便将这扑面而来的阅读焦虑一扫而光，适时地满足了人类阅读的需求，消解了在狭小空间里无法展卷的尴尬。电子读物的问世，让阅读变得无处不在！以智能手机、笔记本电脑为代表的电子产品给了人们新的阅读体验。很多人家的书房也从过去书橱顶天立地、图书满柜满箱变成了纸质书和电子类读物跨越时空亲密接触的和谐景象。越来越多的人在阅读传统书籍的同时，也读起了更为方便的电子书刊，读书、读报、读手机，轻松自在的阅读背后是人类永不满足的求知欲望。据《人民日报》披露：到2015年，中国数字阅读用户规模已近3亿。互联网在沟通世界的同时，也满足了人们在新的社会时空下阅读的渴望！人类从阅读中获得知识，知识又不断创造着人类阅读的新途径。

曾有一些文化界人士痛惜当今人们读“书”少了，担忧千年的书香会渐行渐远。我也曾苦闷于身边人对书籍的“慢待”，仍执着地把阅读仅当成对纸质书刊的钟情。现在想来，其实大可不必。细想之下，我们不能否认无论是纸质书籍，还是电子读物，无疑都是文明的载体，都在传递文明的信息，选择纸质书籍或选择电子读物，只是不同个体的差异化、多样化选择，这本身也算是文明的进步。一如往古，从读龟片转向读简牍，再由读简牍转向读丝帛，是物质条件的改善，是文明化程度的提升，而今，有些人把阅读的兴趣从读纸质书籍转到了读电子书刊，或许不远的将来，又会有新的阅读产品惊艳登场，再次改变人们的阅读习惯，这都不足虑。因为转变的只是阅读的方式，不变的对知识的接受和传承，保留的是人类对阅读的沉迷，这就够了。正所谓：一个时代有一个时代的阅读方式，一个时代有一个时代的阅读内容，一个时代有一个时代的阅读环境。只要在阅读，人类就会有收获，社会就是在前进；只要在阅读，文明就不会中断，思考就不会休眠。由过去的只有纸质的书、报、刊可读，转变为一切皆可读，当为幸事。

阅读使人们有了强大的内心、富足的精神。哲人说“知识就是力量”，其实就是在说“阅读产生力量”。

阅读是生命的律动。生命鲜活，阅读不止。

图书馆咏叹调

和许多读书人一样，我对图书馆有着持久而浓厚的热爱和向往。回想起来，和图书馆结缘，最早还是在小学五年级的时候。那时图书的种类不多，大多数家庭经济条件也不太好，维持日常生活开支之外，没有多少富余的钱用来购置图书，同学们的课外阅读活动受到很大限制。但大伙儿的求知欲却与日俱增，彼此之间常常传阅着一本图书，有时候传着传着，书弄丢了或破损了，也就免不了闹出些影响团结的别扭。班主任李老师便与我们几个班干部商量，建议我们把自己的藏书——其实也就是一些连环画和革命回忆录、英模人物事迹汇编等集中到一起，办个“小小图书馆”，让书能够有序地“流动”起来，方便大家阅读。

我们一致赞成李老师的建议，踊跃地将自己积攒零花钱所购买的书拿了几本出来，林林总总，大约凑齐了三四十本。李老师帮我们找了只小木箱，在箱盖上贴上一张写着“小小图书馆”几个字的字条，商定了借阅规则，图书馆就算是开张了。几个班干部轮流值日，掌管这个微型的“图书馆”，为大家提供服务。从周一到周六，每天上午两节课后和下午放学前的空闲时间“营业”，同学们都排着队来借阅。这些书虽然新旧程度不一，版本大小各异，但绘制精细，内容又涉及古今中外、文史科技，也算是给大家打开了一扇知识的窗口。在小木箱里的图书被传看了几遍之后，我们又通过班级集体勤工俭学挣的钱，添置了十几本新书丰富了“馆藏”，满足了大家的阅读需求。这个创意在校园里受到称赞，在我们的示范作用下，其他班级也都开办了这样的“小小图书馆”，各班的图书馆之间还定期交换书籍，同学们的阅读热情空前高涨。

受这件事的启发，我和几个同龄的邻居伙伴在寒、暑假里合作开办了“假期图书馆”，发动大伙儿拿出自己的书放到一起，轮流借阅。图书馆吸引了街坊中许多同龄人，一些调皮闹事的孩子们也常来找我们借书看，不再整天舞棍弄棒、“打游击”、“抓特务”、“藏猫猫”满街乱窜了，能够静下心来借本书看看，还能给弟弟、妹妹们讲故事，大人们省了不少心，小伙伴们也获得了知识。“假期图书馆”能起到这样的作用，有点出乎我们的意料，也更让我们认识到了它的价值。

再以后，马克思在英国大英博物馆图书馆苦读、写作的故事成了我们最经典的励志教材。“D 行第 2 号座位”“座位下深深的脚印”，仿佛让我们看到了马克思刻苦研读的身影，更让图书馆在我们心中增添了一份神圣的色彩，盼望着自己也能坐进那样的环境里，去苦读、去写作。然而真正意义上的图书馆，对于少年时的我却是可望而不可及的。那个时候，县里只有一个图书馆，设在县工会大楼的一层，也就一百多平方米的样子，几组高大的书柜将其隔成了内外两间，里面是书库，占了总面积的三分之二还多点，外面的一间约 30 平方米，为读者办理借阅并兼作阅览室，放有一张长条桌、两条长凳、一个报架。书柜面向读者的一面是透明的玻璃，能看见柜子里一层层整齐码放着的图书的书脊，借阅者选中一本书后，工作人员便会按他的指点从中抽出来。从图书馆借书是要有借阅证的，而证件的办理只针对县直机关干部，我们这样的普通工人子弟不在此列，只能是到阅览室看看不多的那几份报纸，或者趴在书柜外面，透过玻璃，欣赏欣赏那些书脊，默默地念一念书名，内心不止一次地想：要是能有张借阅证多好啊。

没法从图书馆借书，父亲便托几个朋友帮忙，带着我去他们单位的内部“图书馆”——资料室找些书来看。这些资料室藏书实在是太有限，很少能找到我能看的书，所以常常满怀希望而去，带着失望而归。恰好有个同学的父亲通过关系办了张县图书馆的借阅证，而我和这个同学平时关系又很要好，于是，我就常常跟着他一起去图书馆借书看，彼此的友谊也在图书的借阅过程中愈加深厚起来。

领略到正规图书馆的尊容，还是在我考进了大学以后。第一次走进当时号称西南地区第一的校图书馆，我真的是犹如刘姥姥进了大观园一般。宽敞明亮的阅览室、经典荟萃的藏书楼让我有了一种遨游书海、徜徉书山的快感！自习温课、考前复习、浏览报刊、阅读经典，在“三点一线”的四年大学时光中，图书馆成了最重要的一“点”。同学们都喜欢在这样的环境中学习思考，每天去图书馆抢占座位就成为校园学习生活的一个重要项目，大伙儿都乐此不疲。图书馆在方便大家学习的同时，也给不同系别、年级同学之间的接触、交流创造了条件，有的同学以书为媒，牵手学兄、学妹，“知识就是力量，阅读升华情感”，图书馆既是读书的佳境，又成为爱情的温床。

校图书馆的大楼后面，有一栋三层砖木结构的小楼，据说是学校最早的图书馆，后来作为了新图书馆的补充。那里集中珍藏着一些早年的报刊，只对高年级准备写论文的同学开放。门面不大，一进门就能看到一个高高的书目卡片抽屉柜，右手边是一个像是车站售票处一样的小窗口，为阅读者办理借阅手续，左手边则是一道很窄的木制扶梯，因为年代久了，走在上面它似乎有些不堪重负，会发出吱吱呀呀的声响，像是在提醒你要放轻脚步。上到二楼，有一间阅览室，阅览室外还有一长条类似阳台的空间，放有几把带扶手的藤椅，平常日子，去了总能有几张空闲，而到了临考或论文写作的关键阶段，这里的座位就相当紧张。坐在那儿翻看一摞摞早已发黄的老报纸，寻觅那些成为历史的新闻，看累了就把目光投向不远处的树林，听听树林中的鸟鸣，会让人产生一种历史与当下融为一体的穿越感，很是惬意。

大学毕业，我到了一所高校的宣传部任职，上班第一天，知道部里有个资料室，收藏有好几百册图书，还订有省内外的十多种报刊，其中有不少是文学艺术类的，和我所学的专业合拍，一时很是开心，便主动申请在工作之余帮助做做资料室的日常管理。部领导很信任我，也觉得一个年轻人爱读书是件值得鼓励的事，并把资料室的钥匙给了我一把，方便我随时出入。每年部里有一些购置图书资料的经费，领导也往往征求我的意见，买来一些新书充实到所藏中。部里当时就我一个年轻人，单身一人，没多少生活琐事要劳神费心，所以，基本上是以办公室为家，而这资料室也就成了工余时我的“专属图书馆”，经常在那儿待到深夜，看书，写工作材料，当然也做些自己专业的研究和写作。无数个安静的夜晚，这一方小小的空间让我的精神和心灵有了寄托和安放，感觉如同回到了学生时代。部里分工让我管理校广播室并担任校刊的编辑，一些热爱文学的学生通讯员、编辑也常来资料室和我交流、研讨，商量校刊的报道选题和校广播台的节目编排，趁这一工作之便，他们也时常从这里借阅一些图书。直至今天，当年的不少同学还常常念叨那段时光，对从那个资料室获得的充实和收获感怀不已。

如今，“知识改变命运”早已成为社会的共识，“全民阅读”的氛围日益浓厚，图书馆成了各地文化建设的重要内容，“荟萃天下好书，益智中华儿女”，图书馆的社会公益服务性得到了极大程度的体现。从城市到农村，不同格局、不同规模的图书馆雨后春笋般拔地而起，即便是偏远的乡村，也建起了“农村书屋”。在北京，国家图书馆的雄伟大气、馆藏图书的丰富更是令人叹为观止。然而，在这一片繁荣之下，我竟感觉到时下的图书馆有些仪式重于内容。阅读本应是件轻松愉快的事，可这些图书馆却有种种的限制，如不让带包、不让带水等，把阅读弄得像是朝圣。还有，让数百人同时集中在一个空间里正襟危坐，连翻阅书刊、记录摘抄都得小心翼翼，避免弄出响声影响他人，一切场景、人物都在监控之下，凡斯种种，无形中给阅读者增添了心理上的负担。如果马克思生在今天他是断然不可能读到兴奋之处，双脚在地上磨蹭以释放阅读的喜悦了。阅读的乐趣遭遇折扣，图书馆似有被当作观光游览景点的趋势，也不乏少数的“图书馆（室）”成为形象工程之嫌。因此，我觉得，在当今，是不是可以对图书馆的布局、管理做一些调整，给阅读者更大的自由和空间，让更多的人愿意去图书馆阅读，去享受书香给心灵和思想带来的愉悦。

书籍是人类的朋友，也是人类的老师。我相信爱书的人终生会对图书馆有着难以割舍的情感。打小萌发的那种对图书馆的热爱，也让我时常想，等到自己花甲之年，远离了整日忙碌、喧嚣的职场，如果能找一家或办一个图书馆——不需要豪华的排场，哪怕是草庐茅舍，只要能遮风挡雨、书盈四壁，既可尽公益之心，为阅读者提供服务，又能让自己的余生晚年享受书香的浸润，岂不是一件很美的事？

互联网时代的剪报乐趣

每一个从事文字工作的人，稍上点年纪的，大体都有“剪刀加糨糊”的经历。在互联网发明之前，读书、看报时，遇到心仪的文章或资料，总会动手，将其剪下来，再用一个自制的小本，细心地粘贴上去，以备日后写作参考之用。久而久之，这样的剪贴本，也积累了数十个。即使在当下，每每翻阅这些已经泛黄的纸张，心中仍有些收获的喜悦。这样的心境，恐怕是当今以网络为生活和学习主要载体的“80后”“90后”们所无法体会到的。

那么，在当今互联网高度发达的年代，在想要份资料，去网上一搜，就能有成千上万条信息扑面而来的信息化时代，“剪刀加糨糊”这种传统的“手艺”，还有没有光大和传承的必要呢？以我的体会，还是要的。

剪报的第一个大好处，是能够把你想要的文字彻底和真正地留在你的身边和记忆中。虽说而今上个网查个资料已十分方便，但那些东西，你不去找，它总是离你很远，和你没有一点儿的亲近感。再说了，真的急要一份资料时，现去上网找，有时还会受到网速、地域的种种限制，哪有日积月累，将所要的留在身边、手头方便呢？

剪报的另一个好处，是能让你将有用的文字，当作亲近的朋友和家人一样，时常地相看、牵挂。学习和工作需要时，它会“火速增援”，化解你的难题；每每闲暇之时，翻看这一页页剪贴本，你还会从中不断地发现新的收获，对你的心情、工作、生活，带来新的感悟和启迪。

剪报还有一个好处就是，能够将稍不留意就和你擦肩而过的文化，留存在你的心里、你的记忆中，成为你的财富。出于职业的习惯，我平时更喜欢剪贴一些散见于各种报刊上的文学作品和新闻评论，比如精短的散文、杂文、社评等，这些文字，刊发于报端之时，很多人可能一扫而过，并不留意，它们也就如同一粒粒文化的珍珠，散落到了岁月的尘埃之中。但一旦你将其剪贴下来，就等于你留着了一粒文化的珍珠，丰富了你的文化仓库。久而久之，这一粒粒文化的珍珠，会在你的细心呵护下，串成一条文化的项链，陪伴你度过一个又一个或平静或躁动的日子。

不过，实事求是地说，这些年来，曾经习惯了这种剪报“手艺”的我，也有了一些懒散，一段时间，也依赖于网络的所谓便捷，翻阅报刊之时，也任由一些激发心动的文字从眼前溜走。某一天，为了给正上小学的女儿找几篇可诵读的当今散文作品，我又把眼光聚焦到了剪报上，带着她一起，将报刊上所见到的喜欢的文字，逐一剪下来，贴在一个老旧的杂志上，有空时，就和她一起翻看一遍，诵读一遍。渐渐地，孩子竟从中有了在学校课堂上所得不到的收获——在她充满稚气的作文中，我竟能看到剪报或者说是读剪报带来的影响，这使我对剪报又有了新的一层认识和情感。

眼下，我不仅在家里帮着孩子一起剪报，在单位里，也开始重拾这一“手艺”，将自己平日里所读到的文字，分门别类地剪贴起来，置于资料室中，供年轻的记者、编辑们随时翻看查阅，他们竟有了比去网上查找资料还便携、适用的感觉。见此情此景，我对剪报的喜爱又上了一个新的境界。

不要让书信成为“文化化石”

朋友，如果我问，现在你还在动笔写信吗（或者在网络上写信）？你还有过以一种忐忑的心情，在期待一封家书或来自友人的信件的经历吗？我想，以肯定的口气回答我的，恐怕十人中间不会超出一个。这种现实在传递着一个令人尴尬甚至痛心的文化现象：曾经鲜活的“书简文化”正离我们渐行渐远，大有演化成为“文化化石”之势！

似乎是也同样察觉到了这一尴尬的文化现象，蛇年春节到来之前，国内最大的主流媒体《人民日报》率先就传统的书简文化做起了文章。先是在《大地》副刊上新辟“名家书简”专栏，刊发了文化老人如黄永玉等与后生谈文学、论人生的书信。这些书信虽在岁月的时光中尘封已久，但今天读来，仍有新鲜的感悟和启迪。接着，在临近春节时的 2 月 7 日，《人民日报》又别出心裁地刊发了一版当今文化名人给二十年后的自己写的信。一个是从旧作中挖掘潜藏的思想矿藏，温故而知新；一个是立足当下，对未来寄于期望。一个充满历史感，一个带有前瞻性，都从不同的角度打动了读者的心。后者虽然更多体现出的是文体学上的意义，似乎在提醒着人们还有“书简”这样一种可以直抒胸臆、品说世间万象的文体。在品读这些别具意味的文字以后，我们又不得不面对这样一个现实：这就是，在信息传播手段日益丰富和更新的今天，承载着人们思想和心境的传统“书简”文化是否真的走到了尽头，正面临着失传、至少是衰落的境地？

在中华民族几千年的文化记忆中，“数行家书抵千金”早已成为无数代人的共识。围绕着这长短不一的文体形态，厚重的中华文明史，留下了影响久远的美谈。鸿雁传书、飞鸽报信演绎了一个个动人心、感天地的故事和传说。从汉代无名氏的“长跪读素书，书中竟何如”，到唐朝张籍的“洛阳城里见秋风，欲作家书意万重”；从唐朝李冶的“欲知心里事，看取腹中书”，到宋代晏殊的“欲寄彩笺兼尺素，山长水阔知何处”，到欧阳修的“渐行渐远渐无书，水阔鱼沉何处问”，更不要说最为著名的杜甫的“烽火连三月，家书抵万金”的感人诗句和杜牧的“凭君莫射南来雁，恐有家书寄远人”的复杂情感，汉乐府、元散曲、唐诗宋词，都留下了关于“书简”的不朽篇章，充满了历朝历代人们对书信所包含的多重滋味的品读。即使今天读来，也有一种心灵的震撼。由此我们完全可以说，“书简”已成为中华民族传统文化中一个重要的组成部分，也是千百年里，文化传承的一个重要载体。无数做人、立德的思想，在家信和志同道合者的书信往来中得到传承和弘扬，人们对世界的感知和认识，也通过书简而得以传播和建立，这就是我们今天再读《曾国藩家书》、再读林觉民《与妻书》、再读《傅雷家书》而不断有新的启迪和思考的最好说明。“书简”在成为中华传统文化园地里一朵绚丽的奇葩的同时，也丰富了以此为主题的诗歌、散文等不同文体的宝库。

然而，回到本文开头的设问：随着信息和文字传播手段的变化，今天，我们还有多少人在写信？有多少人还会写信？毛笔、钢笔书写的美丽和潇洒，已被千篇一律的电脑体所替代；字斟句酌、灵光闪现的思想交流和问寒问暖，也已转化为一触即发的固定短信和段子。相伴书简而生的邮票，也似乎像一个移情别恋的负心人儿，决然地弃书简而去，另立门户，和财富同居、寻欢，成为行情不断飙升的收藏品。虽然也曾有一些人，一度只是将书简的传统书写形式，转化成了电子邮件，但事实是，当QQ等即时聊天工具诞生后，更多的人选择的还是口口相传、语音交流，早已对动笔、动手没有兴趣。从表面上看，这是一种传播手段的选择，而内在的，却体现了人类对自身思想、情感把握的失控。社会竞争的激烈让当今的人们没有细品生活的闲暇，传播手段的进步，也正给了人们删繁就简的理由和途径。所以，今天，我们再也见不到触及心灵的书简文字，再也没有了“家书抵万金”的感动和期待，这是社会的进步还是退步？这是文化的繁荣还是式微？每一个文化工作者当有所思考和有所行动！从这个意义上看，《人民日报》就“书简”文化而有的动作，就具有了超出“书简”刊发本身的价值。

为了使“书简”不成为“文化化石”，为了能使中华民族的传统文化不至于随着岁月的流逝而消减，朋友，让我们一起动手、动心，抽出一点时间，给你的家人，给你的朋友，写一封信！给我们的心灵，建起一座可以歇息的驿站！

聆听的意味

笔者一位稍年长的朋友，前几年因单位效益不好下岗了，一段时间内，他的心情很是苦闷，整日无所事事，没着没落。后来，经人介绍，去了一家养老院上班，算是重新“就业”了。可整日里和一些更年长的孤寡老人在一起，开始时也很不适应，嫌这些老人们太唠叨，家长里短、前世今生，没完没了地说个不休。我的这个朋友心想：自己的情况也好不到哪儿去，也有一肚子的话想找人说，哪有闲心听你们的唠叨？心情越发烦躁。可日子久了，他也就理解了这些生活中缺少关爱的老人，习惯于静静地听他们诉说，并在对他们的聆听中，也找到了自己内心的平衡。这使我对“诉说”与“聆听”的意义和价值有了更多的认识和理解。

诉说，是人类最为基本的一种表达方式，更是人类区别于其他动物的一种“高级技能”。有了诉说，人与人之间才能有思想和情感的交流，人类对社会的认识、对自我的把握，才会有所发展，有所进步。喜悦的诉说，能将美好的情绪传递给更多的人，一起分享成功和甜蜜；悲情的诉说，则可以将久积于心的郁闷、痛苦，一吐为尽，释放心理压力，在人与人之间的理解中，找到生活和工作的新动力。现实生活中，你可以是少言寡语、不善言辞的个性，但“聆听”却是每一个人所可能，也是应该具备的一种行为方式。生活中，诉说不可缺少，然而，更多时候，聆听却更为重要。聆听，是一种可以考量出一个人文化修养、道德情操、社会认知等综合素质的行为方式，或者说是处世方式。善于诉说、表达又乐于聆听，自然是最为完满的人生状态，但个性的差异及社会认知能力的强弱等因素的影响，使得良好的表达、淋漓的诉说，可能不是每一个人都具备的“技能”，而“聆听”却是每一人所应具备的人性优点。

如果把“诉说”看作是一种直爽的表达，需要的是一种坦荡的胸怀，那么“聆听”，则是一种宽厚的接纳，需要一种谦逊的心态。一个人或许不善于表达，但必须学会和乐于聆听。

聆听，是一种学习的方式，是获取知识的重要渠道，也是增长社会行为能力的重要途径。学生在课堂上聆听老师的讲授，可以获得前所不知的知识，可以解心中之惑，得到对社会、对人生、对文化的理解和把握；孩童聆听家长的教诲，能够一天天丰富自己的人生知库，从懵懂无知走向成熟健康；朋友之间的静心聆听，更是思想、精神和友情沟通的不可或缺的环节。而各级领导干部，若能放下身价，多多聆听群众的呼声，则于党、于国、于经济社会的进步都更大有裨益。有的人只善于自己滔滔不绝、口若悬河，却不留半点聆听别人表达的空余，这样的人，大多是妄自尊大的一派，也是不能够见贤思齐的一类，终有一天，他会感觉到内心的孤独和空虚。一个领导干部如果不善于和不乐于聆听，只顾自己发号施令，久而久之，就会脱离实际、脱离群众，成为一个独断专行的官僚。

聆听，是一种美德，也是一种品格。这样一个看似平常的行为里，透露的是一个人有没有成熟的心态、有没有宽容的胸怀、有没有虚心的肚量。只顾自我的宣泄，夸夸其谈，不顾别人的感受，会让人觉得你难以理喻，自以为是。不论场合，不看对象，不去理会别人的感受，而只顾自己喋喋不休，表现的不是你的智慧和才干，只能暴露出你的浅薄自大。要知道，大千世界，纷纭社会，已知的终究是很少的，未知的才更多。即使你满腹经纶，学富五车，也不可能穷尽天下之学问，你所懂的和能够掌握的，也只不过是知识海洋中的一朵小小的浪花，是人类文明森林中的一片绿叶。更多的知识、技能、思想，要通过聆听他人的表达才能让你感知、了解、把握。不愿聆听，只图表达，结果就只能满足于拥有一朵浪花、一片绿叶，而聆听，或许就可以让你拥有整个海洋、整片森林。

聆听，是一种修养，也是一种包容。善于聆听、乐于聆听的人，大多是心胸宽厚、心地善良的人。不急于将自己的意见以一种强加的方式置于别人，而是静心地聆听别人的表达，体现的是你对别人的尊重。而尊重别人，就是为人的最大的一种修养。日常生活中，常可见为一件小事，朋友之间、同事之间，甚至家人之间，会发生一些不愉快，出现一些不和谐，除去特定的具体原因，很重要的一点，就是他们之间，都缺乏了一种聆听的姿态。少了聆听，就是少了沟通和交流，只顾固执己见地诉说，往往会将原本微小的不愉快放大为深深的隔阂，这时，就需要暂停你的诉说，以一种聆听的姿态，让对方将胸中块垒加以释放。这种聆听，对别人是一种善待和关怀的表达，是一种心灵的包容；对你，就是一种品格的提升。当你成为诉说者的倾诉对象时，其实你已经成了一个能给人温暖的智者。“予人玫瑰，手有余香”，善于聆听，暖及人心。聆听会使你们化解不快和误解，离真理和真相就会更近一步。在这样的聆听中，你或许会得到一种看人生、看社会的新的角度，聆听朋友的忠告，聆听家人的倾诉，就是聆听着社会前进的足音。

在聆听中，你会时时体会到社会和谐的新的悦耳音符。

“排队” 的意义

“排队”是现实生活中司空见惯的现象。购物、乘车、观光等，可以说，只要有人聚集的地方，“排队”就必不可少。久而久之，“排队”便成为了人类社会所共同认可的一种行为规范，成为每个个体获取社会资源的一种仪式，稳定、和谐着社会秩序，而对这一仪式的遵守程度，则折射出每一个人、每一个民族综合素质的优劣。

每个人都经历过“排队”。像我这样从计划经济物资紧缺年代走过来的人，初始的“排队”体验是儿时为了二两油、三两糖、半斤菜而付出的等待和焦虑。有几次的“排队”经历让我至今记忆犹新。

一次是在我上小学时的20世纪70年代中期。那个年代，最常有的“排队”是在国营菜店柜台前为一家人的吃喝而付出的辛劳。有天中午，蔬菜公司要卖一批新鲜豆角的消息让整个街道陷入沸腾。这对于几天才能看见和吃上新鲜蔬菜的老百姓来说，简直就是一个福音。街坊们老少齐上阵，挎上菜篮，一溜烟儿地赶去。人到了，豆角还未见踪影，大家便习惯性地自觉在公司门外排起了一溜长队。我打量了一下，在我的前面已排有五十多人，心中不禁咯噔一下：按经验判断，轮到我时，豆角十有八九是会卖光了的。但还是心存侥幸地站在了队尾，暗暗祈祷着会有奇迹发生。不一会儿，在我的身后又来了十多个大人小孩，和我一样期盼着能有足够的豆角回报我们的辛苦。大约十分钟后，正当队伍中出现不耐烦的情绪时，蔬菜公司的门打开了，原先整齐的一字形长队突然膨胀起来，潮水一般涌向柜台，霎时变成了三列纵队。有几个原来在队尾的小伙子，凭着力气，在这番调整中挤到了前列；而我这样的瘦弱孩童及几位老人，却仍然在队尾，眼睁睁看着前面的人一个个将竹篮装满，心满意得地离开。当轮到我前面四五个人时，原先小山似的豆角已售卖一空。

没买到豆角，意味着一家人又只能就着腌菜豆腐下饭了。懊恼、失望使我回家的脚步变得沉重了许多。

还有一次是在电影院排队买票。那是一个中午，午饭后和几个同学一起上学，路过县城唯一的那家电影院，看见宣传栏里张贴了当晚上映的南斯拉夫电影《桥》的海报，几十位男女老少已经在售票窗口前排起了长长的队伍。对于当年看腻了“样板戏”电影的人们来说，南斯拉夫的这部电影及《瓦尔特保卫萨拉热窝》简直就是一顿文化盛宴，给人们带了不一样的娱乐体验，给生活增添了新的喜悦。尽管在县城里已经放映过不下三遍，但每次重映，影院里仍然是座无虚席，甚至有不少的站票观众。而那时，看电影更是我们这般青少年的顶级娱乐活动，其诱惑更不可阻挡！彼时也就当然不假思索地站到了购票的队伍里。观察了一下，前面大约不到一百人，按我们对电影院座位数量的熟悉程度分析，当轮到我们时还是会有余票的。于是，队伍中的我们便心情轻松地谈论起电影的情节、插曲。谁知，我们的如意算盘竟落空了！前面有几个人购票量太大，到我们还隔三四个人就排到窗口时，票就已经卖完了！当售票窗口打出“今日客满”的小牌子时，我们几个把电影院烧了的心都有！这一次我们不仅没买到票，而且还耽误了上课，迟到的我们被老师责令在教室门外罚站了半节课。

时至今日，每每回想起这几次“排队”的经历，除对失望情绪的苦涩记忆外，也对在困难条件下所有的热爱生活、追求艺术的那种执着产生一丝丝的温暖和感动。

这些年来，随着国家经济的发展、文化事业的繁荣，人们的物质生活和精神生活日益丰富，为买二两油、半斤菜的排队，为买一张电影票而不睡觉的排队，早已经不需要了。更由于互联网技术的普及，曾经折磨着人们的春运购票、看病挂号等排队也逐渐被网上预约、网上订购所替代。但“排队”作为社会资源配置的手段，还仍然在发挥着作用。

客观地说，“排队”作为获取社会资源的一种“手段”之一，是有效和公平的。任何资源都是有限的，要获得这个资源，以先来后到的顺序作分配，也算合理和公平。每一个人带着自己的需求，站到队伍中，依次去达到目的，体现的是对社会行为规范和社会公德意识的认可和遵守。即使有人不愿遵守这一规矩，要耍点儿小聪明，加塞、插队，也需经受得住别人的指责和唾弃，结局也往往会名利皆失。所以，在某种程度上说，能否遵守“排队”的规则，也是对每个个体道德水准、文化素养的一种检验。

“排队”也是人生逐步完善必须有的重要过程。细想起来，人的一生其实就是在一次次的“排队”中走过来的，在排队中青丝染霜雪，在“排队”中体味喜与愁。

当我们回首漫长的人生岁月，从出生到上小学、中学、大学，再到就业、成家、晋升，哪一个环节不是在经历着排队的仪式呢？这个“排队”是为了实现一个人生愿望，达到一个事业目标，从而体现个体在社会中的价值。这样的“排队”，虽然表面上看不见队伍的首尾，实质上却也是有着严格的先后顺序，同样要求每一个人去遵守这个顺序。每个人都有自己的人生目标和追求，而这个目标和追求的实现，既需要有扎实过硬的能力，又要有合适恰当的机遇。你在“排队”，就是在积聚能力；你在“排队”，就是在等待机遇。只有当年龄、能力超过你的人完成了他们的目标，将原来属于他们“位置”空出来，你才能向前一步，去实现自己的梦想。这应当是社会发展的普遍规律。

1979年，我便经历了这样一次，也可以说是此生最重要的一次“排队”。所幸的是，这次“排队”，我光荣地胜出。这一年的夏天，我高中毕业参加了高考，最后，在以重点大学、普通大学、大专这样一个按分数高低排队录取的序列中，我以较高的分数被排进了重点大学，从此改变了人生，才有了今天。此后的若干次“排队”，虽然我也经历过和当年没买到豆角、没有买到电影票一样的失落，但想想在我的前面和后面，同样也有一些人有着这样的失落，心，也就多了几分坦然。要遵守“排队”的规矩，就要有可能会失望的准备。而一次失望的出现，也意味着新的希望的萌生，只要你愿意去“排队”，就有达到目的的这一天。这也算是在历经多次“排队”实战后的心得了。

“排队”也是一种文化，体现出一个群体对社会公德的尊重和遵守，对社会和谐生态的建设与维护。“排队”就是给每个人平等公平的机会。“排队”讲究的是次序，付出的是辛劳。有次序，队伍才不会出现混乱，才会让队伍中的每一个成员都有公平的获得心愿满足的机会。倘若不讲次序，争先恐后，队伍就不能保持，“排队”也就失去意义。所以，队伍中的每一个成员都要有一个服从于大局的意识，如果为了自己的利益满足而插队、加塞，不仅队伍会乱，每个人的利益也得不到保障。你要想排在前列，你就得比别人先到，早早地站在队伍里；同样的道理，你要想在职业生涯中获得好的名次，在人生岁月中出彩、出色，你就得比别人付出更多。当年为了高考的“排队”，我和其他同学一样，舍弃了一系列娱乐活动，在整整两年时间里，每天天明即起，夜半方眠，做习题、背古文、练作文、记公式，始终站在高考的队列中步步向前。试想，如果没有这些舍弃和付出，而是该玩就去玩，不该玩也去玩，那么，我们就永远也站不进这支队伍，即使站进去了，也只能是在队尾，眼睁睁看着前面的人如愿得到人生的第一张价值不菲的入场券。即使是像鲁迅这样的天才级人物，也不讳言他的成功“是把别人用来喝咖啡的时间都用在了写作上”，没有这样的勤奋和刻苦，他肯定不会成为中国文学队列中的先锋。

有一个认识上的误区应该纠正。肯定人生发展中要有“排队”的意识、要遵守“排队”的规则，并不是盲目认同“论资排辈”的陈规陋习。人生的“排队”，在遵循自然秩序的同时，更要有能力、学识、才干作为支撑，这样，才体现出“排队”的全部价值。每一个人来到这个世界，就站到了各个不同的“队列”中。在每一支“队列”里，排在后面的人总会担心前面的人会影响自己的权益。不同的是，有的人坚守着秩序，在排队的过程不急不躁地积蓄着自己的能量，等待着走到前列的时机；而有的人则会不择手段，或蛮不讲理地挤走前面的人，或无视规则地插队、加塞，侵占本属于他人的那份权益。这种行为是应该受到谴责的。因为你在满足自己权益的同时，也就损害了他人的利益。可悲的是，这种不讲秩序、插队谋利的行为，每一个时代都屡有发生，成为一种社会公害。如媒体曾披露的冒名顶替上大学的事件，就是一起典型的不愿付出辛劳却要获得回报的插队、搅局行为，这种行为，当然应为世人所不齿。因此，我们可以说，从“排队”中可以看出一个人、一个国家、一个民族的整体素质和未来的发展前景。到过俄罗斯的人回来后总感慨：尽管这些年来，他们遇到了许多困难，但在物资供应极度困难的情况下，俄罗斯人仍然可以安静地排队购物，尽管有许多人并不能如愿，但这种对社会公德、社会规范的遵守，展示了这个民族自尊、自强的力量。

“排队”意识是社会必须有的公理。你来得晚，就该老老实实站在别人的后面；你到得早，你就有可能享受属于你的那份“红利”。

一个缺乏“排队”意识的人，最终会在破坏社会秩序的同时，也会使得到的付诸东流；一个缺乏“排队”意识的社会，最终也会陷入混乱和衰落。

合作颂

纷纭世界，万千气象，有什么力量能让弱者变得坚强？春华秋实，五谷满仓，哪里有连通田野和市场的桥梁？我们问群山，群山拥抱森林，亲密无间笑而不答；我们问沃野，沃野稻菽翩跹，给我们一幅丰收的图画。走城市、看乡村，张张笑脸，阵阵欢歌，我们听到了一声声响亮的回答：合作社就是我们温暖的家，合作能缔造和平与安详，合作精神描绘了历史与现实如诗的图画！

合作社，这株发育于罗虚戴尔小镇的文明之芽，历经一百多年的风雨洗刷，如今已长成浓浓的绿荫，守卫着小小寰球，庇护着芸芸众生，福及亿万人家。回眸20世纪初叶苦难的华夏，饥渴的土地热情地拥抱了这棵幼芽，五千年的文明园林里，从此又多了一株绚丽的奇葩。沙滩红楼，觉醒的中国知识分子，再一次走到历史的前台，以满腔的激情传播合作社的文化，把合作精神一点点发扬光大；安源路矿的煤窑里，闪烁起合作自救的星星火花，一双双粗黑的大手有力地相挽，托举起一个苦难者自己的家，抵抗着不平的欺压；瑞金城内，红旗飘飘，苏维埃政权替民众把幸福谋划；延水河畔、宝塔山下，南区合作社的大旗迎风呼啦，联合的力量显示出无比的强大，给黄土地披上了绿装，为前线送去冲锋陷阵的战马。一捧小米，一尺土布，一份信念，一种努力，众志成城，打出一个人民当家作主的新天下，迎来了新中国美好的年华！

日升月落，沧海桑田，新生的中华人民共和国百废待兴，翻身作主的亿万民众急需避寒的衣，果腹的粮。现代工业文明的果实，要让山里人品尝；满山遍野的大豆高粱，要走到千家万户的餐桌上。供与销的重任谁来担当？穷与富的鸿沟，谁来填上？“发展经济，保障供给”，领袖给我们指明了方向，活跃市场，走城串乡，供销合作社当仁不让！一杆大旗迎风舞，千斤重担肩上扛，联合亿万农户，敲开幸福之门。哪怕山高，哪怕水长，一根扁担，为山里人送去党的温暖、政府的牵挂；一根扁担，挑起了城市和乡村的融洽，挑开了穷苦人致富的心花；哪怕路险，哪怕坡陡，一只背篓，把党和政府的心意装下，背篓里有新生活真实的童话，背篓里是装点山乡的朵朵春花，背篓里是深山沃野的秋实春华，把好日子送进了万户千家。江南的杏花春雨，见证了我们田间地头奔波的身影；塞北的雪夜霜晨，铭刻了我们城市乡村跋涉的脚印！血肉相连，鱼水情深，唇齿相依，“为农服务，农兴我荣”，一行大字醒目地写在我们的旗帜上！

光阴流逝路漫漫，回眸一望岁月稠。从全国供销合作社第一次代表大会至今，我们已走过六十五个春秋。这是一个生命从幼小成长为强壮的漫漫年华。六十五年，风的吹打，雨的冲刷，供销合作社度过坎坷，走过曲折，又在新世纪初现的阳光下重显芳华。岁月的蹉跎，不能磨灭我们坚定的信念；市场的残酷，更激发我们必胜的壮志！党和政府的关怀支持如春风化雨一般滋润心田，亿万农民的呼唤与信赖是不竭动力鼓舞征帆！从江南水乡到塞外高原，合作制的旗帜迎风猎猎；从田间地头到农舍村镇，全方位的服务精益求精。选择了田野，就要成为绿荫；联合了农民，才能有美好的明天。路就在脚下，历史的重任扛在肩上，怎样跟上市场的步伐？如何满足亿万农民的需求？什么是有中国特色的合作经济？哪里去寻找农民增收致富的金钥匙？这是时代的考题，这是与我们命运前途息息相关的生死抉择！

探索、努力、实践、提高，梳理数十年的思绪；改革、发现、扬弃、创新，谱写可持续的新曲。“三位一体”，一个伟大的构想，一个创业的良方，吹响了再创辉煌的冲锋号！ 搬走三尺柜台，开拓电商连锁的新战场；布下数万精兵，唱响综合改革的主旋律。为农服务，不怕走遍千山万水；助农增收，不惜吃尽千辛万苦。耕云播雨，造福千村万寨；市场导航，引领千家万户。虽然红旗渠畔，挑粮送肥的扁担已被汽车喇叭的悦耳鸣响替代；虽然京西深山，装油盛果的背篓已成为久远的记忆，但“扁担精神”“红色背篓”仍然是我们世代传承的一笔财富，是我们开拓前行的精神动力。时代在发展，服务在延伸，实力在增强。参与乡村振兴战略，意气豪迈；坚持绿色发展理念，激情满怀！群星璀璨装点万里江山，红旗招展领颂千秋礼赞！

盛世襄盛举，兴社亦兴国。看神州大地，一派昂扬奋进气概；望山川沃野，满目生机勃发风采。“为农、务农、姓农”，铭记宗旨，我们书写着新时代的新篇章；改革、发展、服务，践行使命，我们打造着新供销的新辉煌。五湖四海唱新曲，万紫千红春常在。努力成为服务农民生产生活的生力军和综合平台，中国供销合作社正阔步走向新的未来！

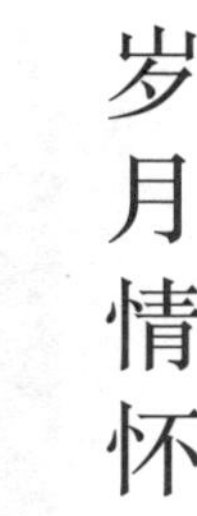

岁月情怀

忆当年，可以让人们更好地思考『从哪里来？到哪里去？』从而使人生不再迷茫，前途不再模糊。

有一种滋味叫“忆当年”

人生百味，有一种滋味叫“忆当年”。

“人生百味”，既指人类为延续生命而需要的饮食滋味，又在说人生的甘苦、情怀。

酸甜苦辣咸，构成了人类的饮食滋味，滋养了芸芸众生鲜活的生命；

喜忧愁悲乐，贯穿在生命的整个旅程，让人生变得千姿百态。

人的味觉是极其灵敏和顽固的。喜甜者大多会排斥辣，好咸者总会在菜肴里多加一勺盐。大多数人对于曾经品尝过并喜爱有加的食物都会产生念念不忘的牵挂，总会在现实的某时某刻，勾起对曾经在舌尖上不经意滑过的那一种滋味的回忆。

人的情感是念旧的。尤其是对过往经历中给自己身心留下过深刻印象的人和事，总会在此后的多种境遇中反复想起，抑或被现实的情境所触动，沉浸到过往岁月的酸甜苦辣中，心头不知不觉地泛起一阵阵情感的涟漪，忆当年的岁月风雨，忆当年的爱恨情愁。

从这个意义上说，“忆当年”不仅是感官滋味的重温，更是人生的滋味回咀。

对“当年”的回忆和重温是现实的触动。从饮食“滋味”的层面来说，当下，农业种植技术的飞速发展，改变了“靠天吃饭、应季取材”的农耕传统，让人类的饮食变得随心所欲；而另一方面，由于打破了植物生长的自然规律，加之现代化学技术的推广，也使得不少农产品只剩下名称没有改变，外形、味道甚至对人体的作用亦即营养价值都发生了改变——更不要说转基因技术带来的负面影响了。于是乎，在大快朵颐之余，总会有人不无遗憾地感叹：“黄瓜已不是昨天的黄瓜，西红柿也没有西红柿的味了！”在享受了现代科技带来的便利和快捷之后，人类又渴望返璞归真，要去找寻当年的滋味。更有人说，是为了找寻被消解、被侵蚀了的健康。

在这种心态下，乡野村落中渐被遗忘的土鸡土鸭农家猪便幸运地成为市场热捧的对象，“不施化肥、农药”成了蔬菜、水果的身价指标，原汁原味、绿色生态已然贴上了“高端生活”的标签。为了健康，不少人开始相约去乡下围建自己的菜园子、养殖场，以期让自己的味觉苏醒，能品尝到当年的滋味。在山东淄博，便有这样一位汉子，干脆以“忆当年”为名，组建了一个农业合作社，立志要种出具有“当年滋味”的西红柿、黄瓜等农产品。他就是山东淄博土生土长的农民企业家胡永利，一个中学毕业就在乡镇供销合作社工作的山东大汉。我曾有幸来到了这块“齐文化”的发祥地，走进了他的“忆当年农业专业合作社”生产基地。

这个基地位于淄博市临淄区，远远看去，和常见的现代农场并没有什么不同。十几座塑料大棚整齐地矗立在一座低矮的小山坡下，像一座座营帐被初春并不温暖的阳光照耀得明晃耀眼。因为见惯了这样的大棚，起先我们一行人并没有产生超乎寻常的好奇心，老胡一路上也没有多说什么。但当我们走进大棚，才发现了它的价值所在。原来，这是引进以色列“水肥一体化”技术建造的西红柿生产基地。棚外春风料峭，棚内暖意洋洋，数十行一米多高的西红柿枝绿果红，洋溢出一派生机。他随手摘下一个已经成熟的西红柿递给我，轻描淡写地说：“您尝尝，看味儿咋样？”我随即咬了一口，果然是那种久违了的味道，而且真真切切地咬到了西红柿里面的籽儿，脆脆的、滑滑的，清凉清香清甜。同行的人都尝得面露喜色，交口称赞 “这味儿是当年的、正宗的”。

老胡这才介绍，为了这个“当年的味道”，他可谓煞费苦心。在引进以色列这项技术的同时，还专门从南非进口椰糠用作栽培西红柿的“土壤”。对农业生产略知一二的我们，听到此已觉得很了不起了，谁知他还有绝活。为保证西红柿的品质、口感，他还在大棚里设置了蜂屋，让几十只体形健硕的熊蜂，在大棚里四处飞舞，给西红柿授粉。这种高效的源于自然的授粉方式，虽然成本增加了，但也极大地提高了西红柿的坐果率和品质，经过熊蜂授粉后的西红柿均匀饱满、通透明亮，口味也就和一般的大棚产品不一样，有了十足的“当年滋味”——那种天然、本真的味道。

舌尖上泛起“当年”的滋味，心头也掠过了过往岁月的风云。老胡说他的“忆当年”不仅仅是对口舌滋味的追寻，更是对当年岁月的缅怀，对过往人生寄托的一份情意。他的这一番解释引起了大家的共鸣，拨动了大家的心弦。当饮食需要“忆当年”的滋味时，人生又何尝不需要时时地回味一下“当年”呢?

尽管，“忆当年”的滋味有时会让人感到苦涩、酸楚，“欲说当年好困惑”正是这样的苦涩和酸楚；“忆当年”的滋味有时也会让人感到激昂亢奋，“想当年，金戈铁马，气吞万里如虎”便是这种亢奋的表达。苦涩也好，昂扬也罢，品一品“忆当年”的滋味，总能给当下的人生带来新的感悟。

从呱呱坠地到垂垂老矣，人的一生要品尝无数种食物的滋味，吸取各类的营养，也要经历不同的境遇和过程。今天，我们寻找当年的滋味，不仅是寻找舌尖上的滋味，其实也是寻找人生的滋味，是味觉的满足，更是心灵的慰藉。每个人的境遇、经历不同，自然就会有不同的“当年”，有不同的人生滋味。不同的人生滋味构成了不同的人生轨迹。无论这个“当年”充满欢乐、阳光，还是布满坎坷、阴霾，都是记忆的痕迹，是人生的珍藏。

忆当年，就如同在眺望一道色彩斑斓的风景或回味一段风云诡谲的故事，心头泛起的不仅是感慨，也会有警醒和激励。成功者庆幸当年为人生目标付出的努力，沉浸在满足和宽慰之中；失落者回忆当年，会生起不尽的悔恨和失落，痛苦于当年曾经有过的幼稚与荒唐。每个人在这个回忆中寻找新生的勇气和纠错的对策，也在坚定着对未来的追求和对理想的执着。纵然“忆当年”有时是苦涩的，有时是困惑的，但苦涩之后会有甘甜，困惑之后会有振作，这也许就是“忆当年”的价值吧。

“忆当年”是一种滋味，对这滋味的回忆，会让你适时调整人生航船的前行坐标，让人生进入新的状态。时代总是发展的，社会总是在进步的，然而不可否认，在岁月的前行中，也会失去一些曾经的美好。现今社会和当年相比，人们的物质生活日益丰富，精神生活也貌似更加多彩，但大家都会感受到生存压力的加重，在日复一日的忙碌奔波中，人类创造了光鲜的物质生活，却同时失去了曾经的随意、自在。阳光下品茶读书的悠闲生活成为读书人的“奢望”，孩童们也被做不完的作业挤占了玩耍的时间。紧张、快节奏的生活之余，人们又怀念起当年的慢生活状态，重新思考人生的目的，“忆当年”便成为一种自我放松的心态，即使改变不了现实，也可在“忆当年”中找到一份慰藉，让当年的甜蜜缓释时下的沉重。

关于“忆当年”的话题，最著名的要算是苏联作家奥斯特洛夫斯基在小说《钢铁是怎样炼成的》一书中，借主人公保尔·柯察金之口说出的那段名言了，“回首往事时，不会因为虚度年华而悔恨，也不会因为碌碌无为而羞耻……”这样的“忆当年”带给人的是欣慰和自豪，当然也是人生的理想状态。

品一品“忆当年”的滋味，能让人坚定人生的情怀。斗转星移，日升月落，伴随着岁月的更替，人的思想、情感也在不断地进化、发展，知识、能力也在不断地丰富、增长。日子总不会一帆风顺，生活中少不了挫折坎坷。现时的种种阻碍常常会使人失去曾经有过的追求和向往；快节奏的当代生活，奔波跋涉的艰辛使很多人忘却了当年的滋味，在改变口味的同时，也改变了人生的滋味。有的人会意志消磨，精神萎靡，向困难投降。此时，就需要我们忆一忆自己的当年，重温那些曾经许下的人生诺言，找回积极向上的意志，让自己变得不惧苦难、勇往直前。这一种“当年的滋味”其实就是我们今天所说的“初心”。忆当年的滋味，忆当年的情怀，就是要我们铭记初心，朝着既定的目标去努力。

忆一忆当年，会使人看淡眼前的得失，重拾必胜的信心。老胡把“忆

当年”作为自己合作社的品牌，为的是不忘曾经在农村供销合作社工作的经历，不忘自己和农民兄弟的那种纯朴的感情，也是在提醒自己，不忘当年养育了自己的土地，更是唤起更多的人不忘当年的甘苦，也正是这一点得到了大家的共鸣。如今，“忆当年”生产的产品已经走进了北京等大城市的超市，给城里人送去健康的同时，想必也会引发了他们关于“当年”的记忆。

忆当年，不是对现实的逃避，更不是对明天的失望；忆当年是反思来路，总结得失，重整行装，再扬远行的风帆。

忆当年，可以让人们更好地思考“从哪里来？到哪里去？”从而使人生不再迷茫，前途不再模糊。

“忆当年”，让人生更加有滋味。

少年初识离别愁

在小学五年级读书的孩子前两天回家告诉我：班里有个男生近日将随父母移民美国，一两天内就要办理退学手续了。老师在班里宣布这个消息时，同学们都感到很惊讶，也很伤感，平日里嘻嘻哈哈、打打闹闹的男生女生哭成一片，班主任怎么劝也劝不住，那个男孩也被感动得眼泪哗哗，不断地劝大伙儿说："别这样啊，放假时我还会回来的。"我问孩子："你哭了吗？"小家伙调皮地说："我忍住了。但心里也有点难过。"一连几天里，孩子班级家长的微信群里，都在说这件事，每个家庭都祝福这个男生和他一家旅美顺利平安。

如果没有这件事，在孩子们的心中，可能还不会有这种离别的感触。几十个孩子，从小学一年级就在一个班级学习、玩耍，虽然家长和孩子都清楚这个集体不可能一直维系下去，迟早都会分开，再去不同的学校、班级继续往后的学业。但也可能根本没想过在升入中学之前，会经历这样的过程。据我所知，这位将要移民的孩子，平时在班里属于极聪明也极活泼的那种，并且和个别同学还有过不小的打闹，双方父母和老师也都为此费过不少心思。但他们似乎都有同样的感觉，这些都是一个人在成长过程中所必经的阶段。打归打，闹归闹，事情完了，都还像好兄弟一样，还要在一起学习、娱乐，即使是分开，也是一年后小升初的那种自然的模式，不曾料会有这样的离别。这就像是一项临时布置的作业，检验着孩子们的心智，需要孩子们当堂做题，提交书本之外的答卷。

不期而至的离别，总会催生人的感伤情绪。对仍未成年的少年，也是一样的。孩子班级的这件事也勾起了我的回忆。类似的经历在我的少年时代有过两次。一次是在小学四年级时，有个和我玩得很好的名叫陈良的男生突然间说要回到杭州的父母身边，去那儿读书。一时间，我和其他同学心里涌起了依依惜别、恋恋不舍的情绪。他的父亲就是我们本地人，早年应征入伍，后在杭州提干留在了部队，也就在那儿成家并有了他。因为家长工作忙，照顾不过来，他刚刚断奶，就被送回了家乡，由他爷爷、奶奶照看，一直在家乡长大。从一年级起，他便成了我的同学。县城不大，一所学校、一个班级的同学住得都很近，基本都属于街坊邻居，平时大家常相约着一起上学、放学，一起上课、游戏，除了吃饭、睡觉，都在一起。时不时地，他还会带些当地不常见的小零食或我们想买而买不了的一些连环画之类的课外读物和刀枪玩具来和我们分享。每到这时，大家对他都不由得增添了几分崇拜似的亲近感。

记忆中，他的退学手续办得很快，老师在班里宣布之前，我们一点也不知晓。甚至就在老师招呼我们进教室，说有事情说的前几分钟，我们几个男生还在校园里打闹成一团。老师在班上一宣布，全班顿时鸦雀无声，大伙儿的目光一下子全集中到这个男生身上。眼神里既有不舍的情感，又带着很大成分的羡慕！要知道，那个年月，我们能离开居住的城里，去一趟乡下，都像是见了很大的世面一样，回来后要和大伙儿显摆好多天，这回他竟要去杭州，得多远啊？杭州可是个大城市，他能到那儿读书和生活，可真有福气啊！老师宣布完毕，从口袋里掏出两块钱，责令我这个班级学习委员，去附近的商店买些练习簿和铅笔、橡皮，来作为礼物送给他。我飞快地跑出去完成了这个光荣、重大的任务。等把东西交给老师时，我发现大多数同学都对我也投来钦羡的目光，我知道那是羡慕我承担了这样一个代表大家的使命。

班会结束后，大伙儿围到这个同学身边。有几个女同学哭了起来，又有点不好意思，也不知道该说些什么，只默默地站在一旁，看着他不断地抹眼泪；男同学则和他搂搂抱抱，嘻嘻哈哈地问这问那，似乎是在用男人的方式表达着一种不舍。第二天，这个同学就没有再来，他的座位一直空到学期结束。那一段时间，大家课间活动时的话题总离不开他，语气中，仍然是浓浓的羡慕和无法用具体词汇表述的思念。

第二次的离别是在一年之后，我们升到了五年级。也是在一个毫无征兆的上午，两节课上完，班主任宣布，汪莉同学要转学去安庆，明天就不来上学了，让大家祝她今后学习生活愉快！和一年前的情况相比，这一次同学们的情绪有了一些微妙的变化。一是因为年长了一岁，又懂得了多一点的人情世故，把这样的离别看作现实生活中的一种常态，而不再感到突然和好奇；二是这个叫汪莉的女生，一直是班里的文艺委员，人长得好看，学习又名列前茅，男生、女生加起来，能和她“抗衡”的只有我这个学习委员。同学们既羡慕又忌妒老师对她的宠爱有加，她这一走，似乎正合几个常被老师当作“反面典型”批评的同学的心意。她和上次那个男生的情况正好相反。她的父母都不是本地人，而是20世纪60年代初从外地分来的大学生，后在这里安了家，有了她和她的弟弟。而巧的是，她这个弟弟在一、二年级时和她也就和我们是同一个班的学生。在升三年级时，因为贪玩，考试不及格，被留到了下一个年级。可因为她的存在，班里一些男生，还时常去找她弟弟玩。我们那个时候的五年级似乎是一个很奇特的时段，年龄稍大几岁的男女生，开始萌动了一丝丝的青春情愫，而表面上却又装出不愿和对方多说一句话的姿态，只在心里滋生着一份喜欢和崇拜。

这样一个漂亮女孩，既有女生缘，又有男生缘就不奇怪了。老师宣布后，第一声哭泣来自与汪莉同桌的女生，她竟然不顾场合，伏在桌上哭出了声！汪莉安慰着她，自己也开始流泪。此后，班里没有搞特别的仪式，汪莉第二天就没再来上课。可是班里却出现了一个当时觉得很不好的现象。几个平时调皮、年龄稍大的男生，像是终于可以出口恶气似的，在她原先的座位上又踩又踏，把撕碎的纸屑扔到她的桌子上，弄得同桌的那个女生也无法看书。当然，这几个恶作剧的同学后来被老师狠狠地批评了一顿。事后，这几个男生说了实话，其实他们是在用那种看似粗野的行为表达自己对这个女生的不舍。很长时间，大家都时不时地提到汪莉，现在想来，那时的她就是很多男生心中的女神！这个“神”突然有一天离开了视线，失落、感伤的情绪自然就会由心而生！而对一些不善于表达或无法表达的人，用一种看似反常的行为来宣泄内心的情绪，似乎也在情理之中。

少年别离也感伤。少年情怀亦珍贵。联系到今天自己的孩子遇到的同样现实，我才更深刻地有了这样的感慨。时代在变化，物质在丰富，人们交往、表达的方式也发生着变化，但人内在的情感、人所特有的思维逻辑却没有也永远不会有本质的变化。相聚时欢笑，离别时感伤。一喜一悲，就像是一阳一阴构成了大自然一样，构成了人类的感情和思维体系，推动着社会前行。两种情绪，虽是一种截然相反的存在，却是社会平衡、人类发展所必须有的节奏和规律。在这种有节奏的规律中，人与人、人与自然的和谐才可能实现。

这几天里，孩子的同学们都不约而同用一些小礼物表达着对小伙伴的不舍和祝福之情。我的孩子自己去商场选了一个装帧朴素淡雅的笔记本，并认真地在扉页上写了这样一段话："希望你在美国生活学习愉快。记得回国时来看我们哦。你永远是我们班级的一员！"在微信群里，家长、同学也是各显其能，图文并茂地表达着自己的不舍情绪和祝福心愿。还有个同学自录了一段钢琴曲，通过微信传给了他。他和家长也鼓励性地回复大家："欢迎你们来美国看我们，我们做你们的向导。"我完全相信，这种情绪会萦绕在孩子们的心头很长一段时间。这种感伤，或许还会对孩子们当下的日常交往带来潜移默化的改变。这之前，他们可能对离别还毫无感觉，也就会对今天的相聚没有太多的珍惜和重视。现在他们知道了生活中有些人、有些事是不会按照同一个模式去运转的，珍惜当下，才会少留遗憾，也才能为将来打好基础，这是人生应有的态度。也或许，这个同学的离开，会给他们带来一种激励。他们清楚地知道，这位同学去的是很多人向往的、现代化程度更高的发达国家，今后的生活学习条件势必会比现在的更好。那么，要想有同样的改变，有更好的人生前景，除去家长的因素，更多的只能是靠自己更加勤奋学习了，并在这一过程中，把今天的羡慕变成现实。

我期望着这次的别离，是孩子们接受的一堂人生课程。

我也祝愿这位同学一家在美国生活愉快！再相聚时，会有更多的欢乐来弥补今天别离的感伤！

西门口的香辣甜咸

五十多年前的西门口，基本上算是承包了故乡泾县城内数万人家日常生活的所有滋味，波澜不惊地酿造着岁月的酸甜苦辣……这么说，是因为在西门口的南北两条老街街口上，分布有糕饼坊和酱坊这两个商家作坊，各司其职地生产着供全城百姓生活所需的甜蜜和咸辣。而在糕饼坊旦，又有一家黄烟店，据说它的历史要追溯到清末民初。在纸制烟卷普及之前，这个不大的黄烟店便是全城烟民的圣地，金黄油腻的烟丝日复一日地兴奋着他们的神经，也在不经意间，给西门口弥漫的甜咸滋味中混合了一丝特殊的苦辣，让岁月的气息更加丰富和多彩。

糕饼坊的全称是“公私合营商店糕饼坊”，属于当年社会主义手工业改造的产物，将原先零散的几家私营糕饼店铺统筹起来并注入国有资本，构成了公私资本合营的商业形态，提升了生产能力，丰富了产品结构。商店及作坊的日常生产经营则延续了前店后厂的传统模式。临大街是销售门面，一溜长约十多米的柜台，从中间划分为两部分，西边主营糕点等食品，东边则是小百货如布匹、洗涤用品等。后院就是仓库和糕饼生产车间了。店面营业员加糕点师傅共有三十多人。

糕饼坊东侧毗邻并共用一个后院的是县蔬菜公司酱制品厂（酱坊）。那时候物资匮乏，寻常百姓家过日子均粗茶淡饭，咸菜是每餐都不可缺少的开胃下饭伴侣，酱坊也就当仁不让地成了一个举足轻重的产业部门。还不仅有酱油、酱菜等酱制品，豆腐、豆干等豆制品也由它来生产加工，比起糕饼坊，酱坊的生产任务更重、经营产品更多，地盘相应也就更大，形成了一厂三坊的格局。以西门口为中心，东侧的这爿算是它的总部兼做大路货的酱菜，北侧临街口是一爿豆腐坊，再沿北街往北走进去三十米左右，一个偌大的院子则专门用来晒豆瓣酱，腌泡酱瓜、酱萝卜，一口边长五六米、深约两米的正方形大水泥池子，几十口深褐色的土陶大缸便是主要的生产设备。盛夏时节，缸里正在发酵的豆酱，酱池里东倒西歪、层层叠叠挤作一团的各种瓜菜，在火辣的太阳炙烤下散发出咸香的气息，日子的烟火味便浓烈得化不开了。

因为父母都是糕点坊的职工，所以我对它更为熟悉。虽然我们的家在北街，但父亲经常要在店里值班，母亲也忙于糕点的原料加工，所以上小学前的那几年我就随着他们住在店里，耳濡目染的都是糖、油、面之类的原料和各种糕点。而借居的那间小屋又紧挨着加工黄烟的车间，无意中又让我对烟有了过早的接触。

印象中黄烟加工那活儿可不轻松。要把一张张干燥金黄的烟叶一层层码放到一台又高又重的木制榨床上，每一层都要喷洒一遍清水，通过榨床的巨大压力，榨出烟叶中的部分焦油，使原先单张的烟叶牢牢地黏合成一个整体，再一捆捆地放到特制的刨床上，制烟师傅们骑坐在一端，双手一左一右紧握着一把锋利的刨刀，一遍遍地将整捆的烟叶刨削成金灿灿的烟丝（那架势类似手工切涮羊肉片），行业俗称这个过程为“推黄烟”。一缕缕金黄油亮的烟丝悠悠地飘落到刨床下的大笸箩里，慢慢地就堆积成尖顶的小山，烟草的奇异香味便充斥了整个车间。

“推黄烟”很费体力，一上午的工作中，师傅们往往要休息几次，也就随手从笸箩里捻起一小撮烟丝，塞进自备的烟袋窝里，点燃了吸上一口，稍许再缓缓地吐出烟雾，那神情是绝对的享受。我好奇地把玩过他们的吸烟工具，俗称“烟袋”。传统的烟袋有两种，最为高级的当是用黄铜甚至白银制作的“水烟袋”。只是这玩意儿在当时被视为地主老财的奢侈品，只能在电影里看到，现实中已没有人使用了。而另一种较为普通和实用的则是“竹烟袋”。一般是用手指粗的毛竹根及根部以上约一尺长的这一截，把根须清理干净后，削成带尖角的椭圆形，先用烧红的铁条居中烫出一个小圆孔，再从另一端插进竹管里，疏通竹节，与圆孔贯通后，基本就可以用来抽烟了。讲究并有财力的人则会在烟管上镶妾一小截玉或铜的烟嘴，在烟窝上镶一片黄铜。时间久了，烟管被磨蹭得油光发亮，犹如一件包浆厚实的文玩艺术品。

那时还见不到一次性打火机，烟民们多是用当地产的土黄色草纸（又称“裱芯纸”，主要以稻草为原料，质地柔软，燃熔值较高，不易灭）裁成寸把宽、尺把长的小条，再搓卷成一根根竹筷似的细长条备用，我们那儿把这叫“纸媒子”，顾名思义是引火的媒介。需要吸烟了，便用火柴点着它，再轻摇几下把火苗晃灭，留着一星余火慢慢地燃烧。点烟时用嘴对着火星轻轻一吹，就会腾起一朵温暖的小火苗。“吹媒子”是有技巧的，不能太用力，也不能像吹风一般，大体上是用舌头从上下牙缝中急速顶出一口气（风）才能吹起火苗。我等一干孩童，那时就喜欢甚至争抢着给大人吹火点烟，为的就是享受火苗腾起的那一瞬间的快乐。

糕饼坊的生产一年四季基本平稳，只是在端午、中秋、春节几个大的节日前才会火力全开、加班加点。糕饼坊的主打产品有方片糕、酥糖、绿豆糕、麻饼、香蕉酥等，而方片糕又因为嵌有彩色果脯码成的“卍”

字图形而被称作万字糕。另一种加有黑白芝麻和果仁的又叫“麻烘糕”。在那个年代，一条方片糕承载了老百姓无数的寄托，浸染着浓厚的吉祥喜庆色彩。逢年过节送条糕、家有喜事送条糕，传达出的都是祈祷事业学业步步高升、祝福日子家庭甜美幸福的良好心愿。而香蕉酥的由来，则缘于家乡一带很少能见到真正的热带水果香蕉，用油、面、糖混合做成弯弯的月牙形又像是香蕉模样的点心，便以“香蕉酥”称之了。而添加在其中的香精也真的让它有了点儿香蕉的味道。

糕饼再丰盛也只是“点心”，当不了一日三餐，对老百姓过日子来说，油盐酱醋更为重要，于是酱坊的生产和生意也就更热闹了。腌菜、晒酱、做豆腐，是酱坊年复一年日复一日的工作，长盛不衰。

世人都说“四川人辣不怕、湖南人不怕辣”，其实江南如我家乡一带，也都嗜辣如命，一款款香辣可口的菜品不知发明于哪朝哪代，穿越岁月的风雨，至今仍是乡亲们的盘中美食。而那一份香辣脆爽的腌泡辣椒片更是一代代人无法割舍的乡愁、乡恋，附着浓浓的乡情。彼时街坊邻里少量的“自力更生”加工方式已满足不了胃口的需求，于是酱坊就理所当然地把腌泡辣椒片列为主营业务。尽管离开家乡已有四十年，西门口往日的和谐与平静也早已消失在岁月的帷幕里，但那一幕幕热闹的加工场景却仍时不时地浮现在眼前。

腌泡辣椒片通常要选择丰满色浓的红辣椒，摘蒂洗净后倒进一个直径约一米的大木盆里，师傅们——大多是中年女工站成一排，手持一把长柄的刀具——有点像武术器械中的月牙刀，有节奏、力道均匀地在盆里反复斩剁，慢慢地将完整的辣椒剁成一盆长度约一公分的碎片。白的籽粒混合着红的椒片，洋溢着满满的喜庆色彩，将劳作的辛苦无声地消解了。剁好后的椒片撒盐拌蒜，浇入些香油，装进瓶瓶罐罐，用蒜泥封口保存。待到春荒蔬菜少见之时，打开一罐，微微的香辣气息扑面而来，把你的味蕾妥妥地俘虏，咬一口，脆、香、辣，这时你似乎也感觉到了日子的火热。多少年来，家乡人远行的背囊里总少不了一罐滋味十足的腌泡辣椒片。

半个多世纪过去了，西门口完全改变了往日的模样，相依相伴的青弋江也日渐枯瘦，往北的那条老街早已无影无踪，被拓宽成了宽敞的滨江大道。那一幢幢徽派的两层砖木结构的高屋深宅，也在相依相靠百余年后于21世纪初叶荡然无存，取而代之的是几排六层的新式小楼，岁月的痕迹难寻难觅，多少让人生出些惆怅。欣慰的是，西门口南侧街口糕饼坊和酱坊的老屋主体仍赫然在目，虽然已是住有七八户人家的大杂院，但仔细端详，那一块块饱经岁月风霜的门板及门板上深深浅浅的裂纹、虫眼，似乎在向你无声地诉说着曾经的繁华。站在它们面前，闭上眼，深吸一口气，就仿佛又嗅到当年的那一阵阵香辣甜咸，而更想做的，当然就是吃上一片方片糕或是细嚼慢咽一片脆脆的红红的辣椒片。

西门口的香辣甜咸，就是一代代人生命的滋味。多年后的今天，变换了一种存在方式，在岁月的星空下，飘逸久远。

西门口的夏日时光

早年读鲁迅先生的小说《风波》，开头的文字便深深吸引了我：“临河的土场上，太阳渐渐的收了他通黄的光线了。场边靠河的乌桕树叶，干巴巴的才喘过气来，几个花脚蚊子在下面哼着飞舞。面河的农家的烟突里，逐渐减少了炊烟，女人孩子们都在自己门口的土场上泼些水，放下小桌子和矮凳；人知道，这已经是晚饭的时候了。”小说写的是未庄，可在我眼里这其实写的就是我家所在的西门口夏日傍晚的景象。一样临河——未庄临河，西门口临的是青弋江；一样爱在夏日的傍晚泼水于门前——未庄老乡是将水泼在土场上，而西门口的街坊们则是将水泼在门前青石板和鹅卵石铺就的街面上，都是要给暴晒了一天的地面降温；未庄人放下小桌子和矮凳，西门口的街坊则是从室内搬出竹椅、竹凳、竹床、小方桌和盛满饭菜的锅碗瓢盆，贴着自家大门一字儿排开去。待太阳完全地沉入青弋江西岸的湖山背后，黄昏降临，夜幕微启，街坊们便在渐凉的天气里为一天的忙碌书写最后的诗行，享受这短暂的轻松悠闲时光。

那个年月没有空调，连电扇也只有在电影院等公共娱乐场所才能见到。西门口的寻常百姓家迎战夏日高温的武器，除各种手执的扇子之外，就是一根扁担、两只木桶，不辞辛苦地挑来青弋江的河水，泼洒路面、庭院，给环境做物理降温，以换取一时的清凉。

西门口这条街临青弋江而建，照理在夏日足可享受到来自江面的清风凉爽。但是沿街西面的一排房屋却像是山脉一般，阻挡住了江风的好意。而这面的房屋，又很少带有院子，基本上以青弋江的城墙作了后墙，房屋的通风条件不好，主人们纳凉也得出门到街面上。与它相对这一面的街坊们，宅在室内，自然更是无法受到江风的惠顾了。于是，街坊们就把这条五六米宽的街道当作了纳凉、休闲的道场，这也就让西门口的夏夜有了另一番风味。

天将黑未黑时，从西门口往北走进小街，触目所见，都是各色的竹床竹椅竹凳，几乎一只挨着一只铺陈开去。各家各户不同的晚饭尽数端了出来，大人和小孩围坐着稀稀溜溜地喝稀饭、疙瘩汤，啃山芋、番瓜。吃完了的，便优哉游哉地背着双手溜达，这边夸一句李家的饭菜很香，那边赞一声王家的竹床扎得漂亮。上岁数的人会聚在一起谈古论今、海阔天空地“呱蛋”。有象棋爱好者，会收拾好碗筷，邀来同事或同好，在小方凳（桌）上摆开棋盘，挺车架炮跳马地杀将起来，自然会引得不少人观战。开局时对阵双方还都能气定神闲、谈笑风生，举子落棋，步步为营。下到中盘，渐入胶着，得失不舍，棋手和看客就都按捺不住了。支招的、埋怨的，声音低低高高吵成一片。多数时候，棋手会客气地听取看客提醒，三思而行；也有说着说着一招不合，就暴躁起来，弃子而走甚至掀翻棋盘，不欢而散。

像我一般大小的学生娃，那时没有过多的家庭作业负担，闲而无事，调皮捣蛋，打闹追跑是少不了的，家长们呵斥拉拽也是少不了的，几乎成了街上躁动的风景。安静下来后，我的身边便会围拢来几个小伙伴，听我给他们讲新四军游击队打仗、公安战士抓特务的故事。有的故事有书本来源，有的则是我随心编撰。虽然情节几乎雷同，但其时也没有其他事好做，大伙儿也就习惯了这样的过程，都装着很享受的样子来度过一个个闷热的夜晚。

偶尔会有一阵悦耳的胡琴或笛子的声响在街上飘荡起来，给平常的夏夜带来一份文艺的情调。别看西门口这条街不长，不足百户人家中却有五六个乐器爱好者，且都是自学成才，技艺娴熟。与我家同屋的钟家金秋大哥胡琴拉得好，任家雅号叫“江北佬”的大哥善吹笛子，余家来宝大哥会奏扬琴，要凑在一起俨然能成个袖珍乐队。有意思的是，他们手里的家伙各异，可平常都喜欢演奏同一支曲子，那就是当时火遍大江南北的《扬鞭催马送粮忙》。曲子虽是同一支，演奏出来的效果却各有千秋。“江北佬”的笛子，声脆音高且透亮，一口气把公社社员丰收的喜悦淋漓尽致地吹了出来；来宝兄的扬琴属于平时不多见的乐器，两根小竹片在他并不纤细的手中小鸡啄米般敲击琴弦，叮当明快，透着一股劳动生产的热火劲儿；胡琴是大伙儿都很熟悉的乐器，因为熟悉，听众的要求也更高，弦揉得如何、弓运得快慢，不时有人会点评一二、说道一番，总体上对金秋大哥的演奏都是很认可的。相比而言，胡琴的音色似乎更加宽厚、舒缓悦耳，而笛子、扬琴的音质则显得高亢激越，在闷热的夏日里无遮无挡地响起来，多少会更让人心生烦躁。所以，更多的时候，还是金秋大哥那如泣如诉、委婉细腻的胡琴声充作了西门口夏夜的背景音乐。当然，在《扬鞭催马送粮忙》之外，他也会拉一曲《良宵》或《二泉映月》。

一般来说，只要是晴天星夜，晚上十点以后，天气就渐渐凉了下来，西门口也进入了一天中最宁静的时刻，街坊们陆续撤回屋里去。大人抱起已进入梦乡的孩子，轻手轻脚地搬回竹床竹凳，和邻居相视点点头，无声地道个晚安。也有极少数几家主妇会拎上一竹篮家人换下的衣物去青弋江洗涮，在她们的身后，总会跟着一位趿拉着脚步显然不太情愿的孩子，帮着打着手电或提着马灯。也有少数贪凉的大哥大叔并不急于回屋，干脆在竹床上架起蚊帐，扯条薄被盖在身上，在朗朗星空下一觉睡到天明。待王家水鼓炉子烧出第一罐开水，正好供他们沏一杯醒神的香茶。

如果说街头纳凉是西门口人应对酷暑的“单方”，那么盛夏时节，家家户户洗净地板自造地铺则可算是西门口人消夏的“秘方”了。

说家家户户，其实也不准确。虽然同在一条街上，住着的也都是上年头的徽派老屋，大多数房子厅堂的地面是打磨过的石板地或是原生态的泥土地，内室（书房、卧室等）铺设的则是原木地板，离地面有十公分左右的高度，冬天能保暖，夏季可防潮。但也有一些房屋经过后期改造，早已没有了木地板，只是原生态的灰黑色的泥土地基或是“洋灰地”。显然，这些人家对于洗地板造地铺就只能是艳羡了。

平常日子里，人们出入也不分室内室外，都是穿鞋拖靴的，时间久了，内室的木地板也就和泥土地一样又黑又脏了。是谁家第一个想出把地板洗干净当作地铺来用似乎无法考证，但它的普及率极高，推广速度极快。

洗刷地板造地铺多是在孩子们放暑假后。这个时候天气更热了，孩子们不上学成天待在家中，没有个凉爽地儿他们会心烦意躁、魂不守舍，恨不能登天入地、上蹿下跳，更别谈写作业、做家务了，但干这活儿却是兄弟姐妹齐上阵，乐而不疲。男孩子负责从青弋江挑水，女孩子负责用抹布将冲洗过的地板擦净，房间大的得用上三四担水，第一回洗还得用上点去污力超强的碱，才能把平日里黑不溜秋的脏地板擦洗得露出最原始的木纹。待干透了之后，趴在地板上，会嗅出松木、杉木、桃木的气息。可惜的是一年四季中，有三个季节里这份芬芳被家人宾客残酷地践踏在脚下，消失得无影无踪。

待有了这个地铺，孩子们的一天就几乎是“躺过”了。躺着看书、躺着写字、躺着吃零食，只要家里大人不在身边，又没有必须起身来做的事，孩子们就只躺在地铺上了。有住机关单位新建宿舍的同学，家里没有木地板，就十分羡慕西门口人家的这份福利，几乎天天会来西门口的同学家中，来了就脱了鞋一起坐在或躺到地板上，谈谈作业，也聊聊其他的趣事，凉爽得心平气静。地板离土质地面不过十公分的空间，难免会有潮气侵袭。到了晚上，家人们担心孩子受凉，会在地板上铺上竹席、草席、床单，可第二天早晨再看，大多会被他们弃之一边，人则四仰八叉地滚在地板上。

这个“地铺”会一直用到立秋之后，天气转凉，才恢复往日的常态，家人宾客就不再脱鞋进出了。多少年后，才发现西门口街坊们的这一发明实际是打造出了本土化的“榻榻米”。

守着一条碧波清流的青弋江，夏日里游泳自然就成了西门口街坊们的乐事。尤其是孩子们，都是在下午或傍晚聚集到一起下河游泳，或跟着大人在河边上戏水寻乐，有半大小子们常常脱得精光泡入河中，狗刨、潜水、花式，扑腾一阵，便算是洗了澡，等回家换上干净衣服就得，也就省得家里烧水，费水费柴了。而一些青壮年特别是游泳技术高超的，就会抓住这个时机一显身手，自由泳、蛙泳、仰泳，各种姿势花样频出。更有好胜者相约着，比赛横渡青弋江，几十米宽的河面，成了他们的竞技场，引得河边洗衣洗菜的街坊们一阵阵喝彩助威。泳者们到达对岸的江心洲，挥手致意，那姿态宛如夺冠的奥运健儿。待在沙滩上歇足后，他们会随手摘些野果或农家随手种下的玉米、红薯等，一顿硬嚼生吞，算是补充体力。再装几个在小袋里随身带回，满满的凯旋模样，惹得我们一帮不太会游泳的伙伴羡慕嫉妒。

后来电扇、空调普及起来了，西门口的人们宅在家中就可以纳凉消暑，街面上竹椅竹床的长蛇阵就少了；再后来，老街拆了，街坊们陆续都搬去了东西南北城新建的楼房里，洗地板造地铺的乐趣也就消失了。现如今，站在早已辟成滨江花园的西门口，迎着青弋江飘来的阵阵清风，发现天气似乎没有当年那么热了，但总感觉有一股热浪时不时涌上心头……

西门口的民间手艺

西门口这条街不长，没有住过什么达官贵人，当年却也是藏龙卧虎、人才济济。从南到北，有专事“顶上”功夫的理发师朱师傅、余师傅，“足下”功夫的鞋匠黄师傅；裁缝制衣行当则有吴、钟两家，皆伉俪同业、琴瑟和鸣；砖瓦匠吴师傅、范师傅；眼镜修配高手冯师傅等，也都是小城名噪一时的大师级巧匠。更有身怀小众手艺、低调行事、藏而不露的制秤人吴师傅；风光无限、做派潇洒的摄影师大徐、大王。五行八作，皆有俊杰，如此豪华耀眼的人才阵容相当程度上提升了“西门口”在全县的社会知名度和影响力。

在这些职业的手艺人之外，还活跃着一些各有所长的“奇才高人”，他们所具备的业余技艺虽赶不上那些能工巧匠，但也文武兼备、动静互补，仿佛散落在岁月中的一粒粒珍珠，装点着平淡无奇的小街风景，也带动了西门口民间手艺的热络和繁荣。

和我家同住一个大门里的钟家二儿子小秋便是其中之一。钟家夫妇均为裁缝，或许是手艺人心灵手巧基因的传承，钟家的孩子个个聪慧敏捷，各有特长。老大自学乐器演奏，尤擅弦乐，一把普通的二胡在他手中常常发出如泣如诉的旋律。他虽是县化肥厂的工人，却时常被拉去参加县里各种群众文艺活动。而彼时正在读高中的小秋则具有“理工男”的一切特征，平时话不多，但动手能力极强，学一门精一门，爱琢磨，凡事肯下功夫钻研，不知在何时无师自通地学会了编竹篮、竹筐。起先是编着玩玩，顺带着也方便了自家或邻居日常使用；偶尔兴起，也编三两只拿到街上售卖。只是竹子这个原料后来越来越难找，加上有学业在身且后来他也被下放去农村，所以终究没将此作为专业营生来发展。

我曾想跟着他学这门手艺，可一直没能如愿。这活儿虽看上去很简单，只要将削好的竹丝、竹条依次一根根编织妥帖即可，但破竹、削竹、拉丝，都是既考验技术又考验心态的，非一二日之功。更难的在收口。俗话说“编筐编篓，难在收口”，在实践中我深感此言的正确。而收不了口的，只能算作一片粗糙的竹帘而已。

据说这份手艺在他下乡后派上了用场。农村房前屋后都不少见竹子，没有手艺的人家以前都是将其砍了烧火。小秋眼里有活儿，隔三差五砍几棵帮老乡编个筐、篮，废物利用，方便生活，老乡自然是很开心，少不了邀请他吃个便饭之类作为回报，也就省去了他下地干一天活还要自己做饭的麻烦了。

街坊中还有位赵姓名连生的兄长，和我一样喜欢读书，并且常常互通有无、交换阅读，一来二去走得就比较近。有次见他的书桌上有一个用彩色画报纸包装着的长方形小盒子，秀气而精致。拿到手里一看，原来是一只纸质的抽屉式的文具盒，得知是他自己动手所做，我便向他拜师学艺，照猫画虎地做了起来。

这种文具盒也算是废物利用的创造性产品。找一块稍厚的纸壳——多是商品的包装盒，量好尺寸加以剪裁，再折叠成内外两个大小略有差别的长方形小盒子，一端密封，另一端敞口。稍小的那个作内胆，插入作为外套的另一只，宛如刀与鞘的组合，进出自如。最后再按自己的兴趣爱好，选张薄一点的彩色画报纸粘在外套上即可。虽然工序不复杂，技术要求也不是很高，但毕竟是自己动手做的，所以也是偏爱有加，时而显摆一下，很受同学及小伙伴们夸赞。不曾想这小玩意儿也带来了一段不愉快的经历。

有天上课时，我想从盒子里掏根笔出来做记录。可不知怎么了，那天盒子内胆像锈住了一样，怎么也拉不出来。我有点着急，动作便大了点，周围几个同学都把目光转到我这儿来了，眼神透露出既想帮忙又有点幸灾乐祸的意味。我越着急，就越拉不开盒子。这一幕被正讲着课的老师看个真切。也许是盒子的包装纸太花哨，他以为我是在玩啥玩具，便大声呵斥我："你在搞什么东西？"我被吓了一哆嗦，连忙汇报："没什么，这是铅笔盒。"谁知老师根本不听并把我的这番解释当作狡辩，将手中的课本重重地摔在讲台上，三步并作两步地走到我跟前，夺过那只纸盒，一把捏瘪了扬手扔到了窗外。同学们被吓得鸦雀无声，我则强忍住了在眼窝里打转的泪水。

尽管老师课后从其他同学那里得到证实，我确实不是在玩玩具，老师也带着几分愧疚要掏钱给我买个铅笔盒作补偿，我感谢了他的理解但也感动地谢绝了他给我买铅笔盒的好意，自己悄悄地重新制作了一个，从此大大方方地在课内外使用了。

如果说这编竹篮、做铅笔盒两项手艺和生活、学习有着直接的关联，实用价值和功能都十分明显，那么，还有一门手艺则显得比较唯美和浪漫，有点美学和艺术层面的味道了。这就是折糖纸彩带。

那个年月的水果糖是孩子们不多的零食之一，糖果的包装纸五彩缤纷、争奇斗艳，孩子们尤其是女孩子大多喜欢把它们平平展展地夹在书本里，既当了书签，又能时不时地翻出来欣赏上面的图画。除此之外，也有人喜欢将积攒下来的糖纸一张张编折成一条双面锯齿形彩带，短一点的可套在手腕上，冒充手镯；如果够长，就可以挂在门窗边做装饰，或在玩游戏时披挂缠绕在身上，像是挂了一条子弹袋。

糖纸彩带的折法也很简单。将两张糖纸分别折成约一厘米宽的长方形小条，再对折一下，用一条卡住另一条，两头留出比例相同的长度，再一折、一揍，把一条多余的部分折进另一条，如此一条条接续下去，有十多张糖纸便能折成一条比较好看的彩带了。

但只有自己吃完糖果后的糖纸，彩带是编不了多长的，最多像条小链子。要编得长，就要有更多的糖纸。巧的是，那年位于西门口不远处北街上的县食品厂因调整产品结构，决定不再生产糖果了，仓库里剩下的一些糖纸便失去了用武之地，将被当作废品送进供销社废品收购站。

这引起了西门口折纸爱好者的注意，而他们中间有几位又恰好是食品厂职工子弟，近水楼台，自然不会让这么丰盛的创作原材料从眼皮子底下溜走。

崭新的未拆封的糖纸，按一百张一叠整齐地装在一只只大纸箱里，拖出一箱便有成千上万张，足够折纸爱好者大显身手了。而且新的糖纸上敷有薄薄的一层“滑石粉”（便于糖纸的分张，方便包糖果），不论折叠还是把玩，都有种润滑爽快之感。丰盛的原材料一时间让西门口“出品”的糖纸彩带越编越长。长长的一条锯齿形彩带，团起来，就成了一只彩球；延展开，恰似一条斑斓耀眼的龙蛇。孩子们游戏时披挂在肩头，可作威虎山百鸡宴上杨子荣所佩的绶带；缠在腰上，仿佛就有了可以刀枪不入的盾牌，真是把一张小糖纸玩出了正义和崇高、浪漫与威武。

似乎是为了防止老百姓玩物丧志，那个年月，市场上扑克牌、象棋这类文娱用品紧俏得一盒难求。可这却难不倒西门口的“天才”，他们脑洞大开，找来废弃的商品包装盒或从印刷厂讨来厚白纸的边角余料，裁剪成扑克牌大小，用水彩颜料画上红桃、方片、梅花、黑桃的图案，而大小王及J、Q、K等花牌，善画的就照着正规扑克牌上的图案临摹描绘，图省事的干脆就剪贴移植香烟盒上的商标图案，常见的有飞鸽、飞马及东海大轮船等。象棋不好买，西门口也自有高人指路，将废砖头砸成小块再一个个磨圆成棋子的模样，还别出心裁地拿到青弋江去浸泡，说是可以增强砖块的韧性和强度。再用毛笔挨个写上将、车、炮、卒、士、马、象等，一副特别的象棋便大功告成。棋牌双全，极大地提升了小街上人们文娱活动的幸福指数。

这些看似不起眼的小手艺或许只能算作“雕虫小技”，技术含量不高，但无疑给那一段平淡贫乏的日子增添了一抹亮色、营造了一丝快乐的氛围。而且无心插柳柳成荫，这些民间手艺在一定程度上锻炼并养成了人们的勤劳习惯和乐观性格，孕育的是一种创造力，这种创造力成了人们应对生活变化的资本和成长成功的基础。街坊中有不少正是仗着那些年无意中学到的手艺，改变或者说把握了自己的人生。“有象棋要学，没象棋就做”的执着与痴迷，不经意间练出了几位具有较高段位的棋手，在各种赛事中屡屡获奖。更有下苦功夫描画扑克牌的伙伴，从此把绘画当作了人生的职业坚持了下来，早已成为作品按尺论价的画坛名人了。诚可谓：小手艺，大天地。

西门口的花事碎影

四十多年前，故乡皖南泾县城内这条叫西门口的小街，从街沿直到文昌巷西口，百十户人家中，带有院落的为数不多。而即使是那几户带有院子的，又往往是一个大门里住着两户或两户以上的人家，男女老少至少也有七八口人，小院也只能用来晾晒衣物、堆放柴火，少有空地可用于栽种花花草草。

但即便是日子紧巴、空间局促，西门口街坊们的爱美之心、养花闲情也偶尔会有显露。没有院子好摆布，就想着法在房前屋后用土陶花盆、各种玻璃瓶罐，种上些闲花逸草。品种并不名贵，不过是普通的月季、菊花之类，花色单调，谈不上赏心悦目，却也能引人注目，让贫乏的时光有了几分亮丽的装点。印象中那时仙人掌算是流行的植物，又十分好养活，只要从成熟的掌上随意掰下一片，插在土里，便会慢慢地成活，由一片而生出两片、三片，最后成为一盆茁壮耀眼的仙人掌。

菊花要到秋天才开，主人会把花盆搬到门口，既让花儿享受到秋阳的照拂，也让更多的街坊邻居们能够观赏。品种也是极为普通的那种，花朵不大，黄色居多，三盆两盆，在小街上灿烂耀眼。更常见的是一种俗称“马齿苋”的植物，长不了多高，原本算是自生自灭的野草野花，人们把它从山间地头随手挖来，栽到陶盆或废弃的水缸、瓦罐里，无须精心伺候，它自会慢慢地成长，到夏天就开出了星星点点淡黄或淡红色的小花。晨曦和夕阳下，一丛丛淡紫色的茎叶上缀着点点颜色，氤氲如雾，也很清灵可人。到午间骄阳当空，点点颜色绽开成朵朵小花，生机勃勃，自成风景。更重要的是，在开花之后，马齿苋的茎叶还可加工成干菜，留到春节时和肉一起炖煮，也是餐桌上老少都爱的佳肴。

马齿苋干菜的制作要费些工夫。先要将剪摘下的茎叶分拣洗净后用草木灰反复揉搓，沥掉水分，同时也中和掉它所含有的酸性。再摊放到一张篾箅子上，在太阳下暴晒数日，待彻底干透后储存。食用时抓出一撮洗净、泡软，与五花肉同煮，口感细腻爽滑，还具有清热解毒、凉血止血和止痢的功效。

无巧不巧的是，我们和钟家共同租住的公房恰好就是少数有院落的门户之一，这点“福利”让邻居们羡慕不已。虽然我们两家老老少少加起来，也有十几口子人，好在那时小辈们的年龄都不大，算是少年儿童，所以也不显得人满为患，每天日升月落，生活秩序井然，氛围融洽而和睦。

小院不大，原本应是个正方形，边长大约七八米。但不知建于何年的厨房从西南侧生硬地挤了进来，占去近三分之二的地盘，小院便被割成了倒 L 形。出正屋后门径直走约两米，走到头有一堵一米多高的由鹅卵石堆就的矮墙，矮墙和厨房之间，有了一片较为宽敞的空间。墙那面是张姓人家的后院，比我们的小院大两三倍。后来才知道，这是张家的私宅，由祖辈传下，宅高院深，是我们这些租住公房的人家所无法攀比的。张家也曾在院子的一角栽种过葡萄、葵花，但疏于管理，好像是没结过多少果实，只有一棵梧桐树在另一个角落里顽强地生长着。

有了小院，就勾起了我们养花种树的念头。大约是在我上初中时，在县化肥厂上班的钟家大哥有一天捧来一棵尺把长的绿苗，唤我们几个一起动手栽到了小院的一角。早先我们几个孩子曾想在院里栽棵树，并科幻般地畅想等树枝长长，延伸到千米之遥的县剧团屋顶，我们便可以沿着它爬进剧院去看戏看电影了。但这个美丽而玄妙的理想一露头就遭到大人们的“扼杀”，理由是：巴掌大块地方堆柴晒衣都展不开手脚，还种树？而这回钟大哥拿来的这苗儿弱小得让大人们放松了警惕，心想也不会占多大空间，也影响不到晾衣堆柴，就由着我们完成了这次作业。

起先我也没问这是棵啥苗苗，只向往着院里能有叶绿花红、生机盎然的惬意景象。小苗也就在大家的视而不见中自由地一寸寸成长起来，主干很快就超过了一米，并旁生出了几根长短不一的枝丫。茎干并不粗壮，稍高以后有些挺立不住身子，我们便在它边上埋了根细竹棍，将它们捆在一起，保持它挺直地生长。这时，我们知道了它叫“绣球花”，但会开成啥样，仍然一概不知。

日复一日，每天早晨我们都要看看它的长势，定时给它浇水，想当然地将一些鸡粪播撒在它的根部，给它增加营养，一心期盼着传说中的大而美的绣球花开。它也确实没让我们失望。在某一个晴朗的早晨，我们惊喜地发现，在花枝的上端出现了几个花蕾！

花终于开放的那一天，不仅我们欣喜若狂，街坊邻居也都兴奋不已，说还从未见过这么漂亮的花儿。最初开出的有三朵，和我们的拳头一般大小，浅红或大红的花瓣紧密地簇拥在绿叶枝头，活生生就是一个花的绣球！小院里也飘溢起阵阵清香。街坊们络绎不绝地来欣赏，连一早沿街收集垃圾的环卫大婶也不禁在门口驻足遥望，并向我们预订了花籽，说也要在自家种上一棵。

这棵绣球花大约开了两季，也许是土地的肥力跟不上它生长的需要，抑或小院的空间氛围限制了它的成长，在第三年的冬天，一场霜冻结束了它美丽的一生。小院及整条街上从此少了一道亮丽的风景，我们心中充满了遗憾和失落。

人逐渐长大，小院的空间也就显得有些拥挤了，再像当年那样种一棵稍高的植物已不现实，但绣球花带来的美丽感受无疑激发出了我们养花的积极性。某一天在同学家中看见了一片开着喇叭样淡粉色花朵的植物，便有些目不转睛。同学介绍这是“洗澡花”。它的花期很长，从初春一直延续到深秋。开花是在每天傍晚，大约是人们饭后洗澡的时候，所以就叫“洗澡花”了。花籽是一颗颗黑色的小圆球，表面坑坑点点不平整，很硬实，形似小地雷，所以又被戏称为“地雷花”。同学还说这花很好养，撒在土里就能生长。我便急切地要了些花籽，拿回来撒在院里墙脚下。

后来的事实也正如那个同学所说，没几天，“洗澡花”的种子就生发出一根根幼苗，在墙脚下蔓延成一串嫩绿。怕被家里几只馋嘴的下蛋母鸡啄食，我们还围了道栅栏，确保它们无忧无虑地成长，圆我们花开满园芬芳来的梦想。

不知不觉，花儿在成长的时候，我也迎来了人生的第一次重大转折，开始在学业上进行冲刺，迎接高考。那段时间，我是整个大门里起得最早、睡得最晚的人。每次晨曦初露，数百个星月朗夜，我在小院里神清气爽一字一句地背诵古文古诗，默记历史地理。间或目光落到矮墙下那从绿色的花苗上，发现它们也在精神饱满地默默注视着我，像是在给我鼓励、给我信心。高考的日子越来越近，“洗澡花”也不失时机地开出了一片紫色的灿烂，小院子洋溢起浓郁的花香。花儿每天在星光月色下绽放美丽，到次日太阳升起后，花瓣开始收缩到花芯里，像是进入甜美的梦乡。待我接到大学录取通知书，要远赴巴山蜀水求学时，它们更在小院里开成了一片浓烈的颜色，小喇叭状的花朵像是在为我即将开启人生新的旅程仰天高歌！

我有些舍不得这一片小花。启程的那天，像无数个早晨一样，我再一次站在小院里，注视着这一片花，默默地和它们告别。晨曦中，一朵朵小花上闪烁着晶莹的露珠，仿佛是潸然的泪水，在为我骄傲的同时流露出依依不舍。我心中一动，小心翼翼连枝带叶地摘下了一大把。弟弟笑话我是不是要把它们带到学校去？我没有回答，但心里也想：如果能够，我真的就把它们随身带去那片我还不熟悉的土地，陪伴我新的学习和生活。

此行搭乘的是一辆运货的便车。从西门口到火车站两个多小时的路程中，这捧鲜花在我怀里散发出淡雅的芳香，弥漫了整个驾驶室，勾起我对岁月的种种记忆，更让我对即将开始的学习生活充满期待。开车的司机师傅一路上都对这花儿的美艳赞不绝口，并由衷地说，大学生家里的花肯定会有好运相随。于是，我便打消了要将这花儿带去学校的念头，临别时把花郑重地送给了这位司机师傅，希望这美丽的花儿真的也能带给他好运。

西门口的乡下来客

家乡皖南泾县域内有三条天然河流，分别是青弋江、幕溪河和徽水河。漫漫岁月中，它们依各自的路径或急或缓地流经县域的西北、北部和中部，养育着这片土地上的芸芸众生、万紫千红。20世纪70年代初，由于水利建设和防汛抗洪的需要，政府决定沿县城东部连绵的群山脚下开凿一条人工河道，命名“青弋江总灌渠”，老百姓则称之为“运河”。它西接青弋江上游的溪口河段，沿着县城边缘，至东北部的纪村，在那儿兴建一座水电站，这样，运河就会在改善全县农田灌溉，减轻雨季青弋江压力的同时，又为电站提供足够的水力动能，这在当年算得上是一项“百年大计”了。

而这项“百年大计”一经启动，当然就和城里的居民特别是南街、北街、西门口一带的居民们有了密切的关联。纳集于四乡八邻的一支数百人的农民工队伍进城后，被化整为零，分别安置到县里某些单位闲置的仓库及居民家中住宿。想来这一是因为当时城里宾馆酒店稀缺，无法一下提供数百人的集中住宿，二来也是当年提倡勤俭节约、艰苦朴素，能省的钱尽量省，做这样的安置似乎也没什么不妥。再说，房产是政府的，政府要安排住几个人也是天经地义的。公家单位自不会说什么，而街坊们尽管对自己家里陡然住进几个陌生人心里有点不悦，但也认识到这是国家建设的需要，为的是改善民生，所以也就投了赞成票。只是希望住进来的人能通情达理，友善相处。

工程开始于那年的深秋。这个时候，乡下的农活基本上完成，乡亲们才有了空闲和精力来投入这项惠及全县的工程。一天午后，每月收房租才露面的房管所工作人员，拿着皮卷尺来到西门口街道，挨家挨户，丈量庭堂及堆放着柴草的阁楼，以面积大小、现居住人口密度等为依据，分别给街坊四邻家安排进数量不等的民工。街上面积最大的住宅要算是县银行的宿舍，东西贯通，进深达三四十米，还带有一个不小的院落。十多户人家在里面住得都比较宽敞，二楼基本上就空闲了，理所当然地被运河工程队所征用，并当作了进驻西门口这支民工队伍的总部，安顿了二十多位民工，还在小院里用黄色的帆布搭起一顶大帐篷、垒起了两座土灶，算是民工食堂。

我家和钟家租住的房子有个二楼， 平时都堆着柴火和筐、篓、箩等杂物，也进入了征用的范围。经过一番清理，房管所派人来用芦席、竹帘隔出了个房间，安排住进了来自西乡的小翟、小黄两位回乡务农的女知青。说是知青，其实年龄比我大不了几岁，个头也都不高。小翟梳了条辫子，粗黑粗黑的，挂在后背；小黄则是个运动头（短发），头发有点儿发黄。两人穿的都是碎花图案的夹袄，藏青色的裤子，一看就是洗过多少水了，颜色都很淡。

三天内民工们陆续都到位了，西门口街上从此就多了一道风景。那年冬天来得早，而且似乎比往年更冷。原先都是我家对面的水鼓炉子烧开第一锅开水而拉开小街一天的序幕，等民工入驻之后，大多数街坊每天都是被他们的集合令从梦中叫醒。熹微的天色中，男男女女的民工穿着单薄的衣衫，肩上扛着或腋下夹着锄头、铁锹等工具，手里提着一只搪瓷碗，从各个不同的大门里走出来，到银行宿舍门口排队打早饭。因为是临街开伙，没有桌椅，他们就三三两两地蹲在路边屋檐下，就着热气腾腾的稀饭，咬着馒头或者红薯。约莫半个小时，早饭结束，几十个人排着队往工地进发。而这时，我们也陆陆续续地上学去了。

我那时上小学四年级。县城不大，学校虽然在城郊，但离家也不过二三里路，每天中午都回家吃饭。而运河工地则在五六里开外的东郊，离西门口较远，民工们中午不回来。我中午放学回家时，常看到民工食堂的几个大师傅，把几个装有饭菜的大木桶搬到一辆大板车上，推着去工地送饭。有时放学早，能看见木桶里装着的饭菜，不过是白菜烧豆腐之类的汤汤水水，心想：仅吃这些，他们能有劲干活吗？

听大人们闲聊天，得知这些民工来挖运河和在生产队劳动一样，是计工分的，年底结账，每天的伙食在定量内是不用花钱的，饭量大的，超出部分要再自购饭菜票。所以来干活的人也算是给家里节省了开支。午饭以大米饭为主，一早一晚就有些变化。好像一周之内，总有一两天早餐除了馒头还有少量的油条、发糕等细点。晚餐有时是米饭，有时是疙瘩汤，偶尔也以蒸煮过的红薯、番瓜块代主食。菜总是那么几样，白菜烧豆腐、豆干炒肉丝或辣椒，有的荤菜就是笋干烧肉，但也是笋多肉少。

逢到雨天，山上泥泞湿滑，无法作业，民工们就有了休息的时间。虽然大家来自不远的四乡八邻，但那时交通不便，回趟家一两天时间也不够用，所以干脆就待在宿舍里，玩玩象棋扑克，或到其他民工住处串个门，聊聊天，或顺便看望一下那些在工地上被锄头铁锹不小心碰伤的工友。民工中有原本和街坊就熟悉的，这时也正好小酌几杯，将在山上捉到的野兔、山鸡红烧了，佐以散装的“桃花潭”酒，有滋有味地度过难得的闲暇。

住在我家的小翟、小黄，平时我只是在每天晚上放学后才遇见。这个时候，她们已经在食堂吃完饭，去水鼓炉上打来开水，提着上楼去了，一晚上也不见她们下楼。那时没有电视，连半导体收音机都是稀罕物件，更没有手机，她们洗漱完，下来跟我们打个招呼，提醒别留门了，便回楼上休息，第二天天刚亮便起床上工。偶尔收工回来得早，也会有三两个来自同村的男青年或女青年来找她们，不过是在一起聊聊天，聊到开心处，脆脆的笑声便传到楼下来。有时还夹着小翟的提醒：小点声，别惊吵了人家。

有天晚上九点钟左右，我看完一场电影回来，去厨房想找点吃的，却发现小翟一个人坐在我家的灶台后面，低着头，手里拿根小木棍若有所思地在地上随意地画着。听见动静，有点猝不及防似的愣了一下，望着我笑了笑说：“我用你家锅灶煨几个山芋，你吃不吃？”我未置可否。这时母亲过来，拉开我说：“小翟姐姐收工晚，还没吃饭，你不要凑热闹。”

我跟母亲回到房间。不一会，小翟捧着两个煨熟的山芋站在门口说：“大妈，山芋熟了，你们尝尝，我还有哩。”正是我肚子空空的时候，哪里能抵挡住煨山芋的香味呢？不等母亲接话，我便伸手接了过来，迫不及待地咬了一口。母亲呵斥了我一声，也没法阻止，便由我去了，又向着小翟说了谢谢。

小翟上楼后，母亲和父亲说，这孩子不容易，在家里是老大，两个弟弟一个妹妹，都靠种田生活，没其他收入。在工地上每天干重活，年轻人饭量大，食堂定量伙食吃不饱，又没钱另外买饭票，就插空在山上随手挖几个山芋回来当饭。昨天家里托人带信，她大大（父亲）病了，没钱舍不得到医院去看，光叫赤脚医生开了点药，不见好，发冷发热，想让她回去看看，工地上又不放假，把姑娘急得哭了一晚上。我在一旁插嘴问道："怎么不让她回去？"母亲说："工地上要赶工期，还有半个月就过年了，干完了就放假。"

运河的工程一直持续到腊月底。眼看春节临近，而且阶段性主体工程也基本完成，有关部门便做了暂且收工的安排，余下的收尾工作待节后再继续。小翟、小黄也和所有民工一样收拾好行李返回乡下去了。临走前，把楼上那间小屋打扫得干干净净。几个月住下来，这两个年轻人和我们两家人相处得十分融洽，分别时，有点依依不舍。大人们嘱咐她们回家好好过年，问候家人们好，等开春再来。

然而，正月十五过后，大批民工陆续返城时，却未见小翟的身影，而是换了一位姓马的女孩搭伴小黄。问过才知道，春节期间，小翟父亲的病情加重，离不开人照顾，母亲要忙地里的活，弟弟妹妹又小，只能留她在家了。村里也就同意她不来参与运河工程建设了。

如今，西门口老街只留存在街坊们的记忆中了，而运河已成为家乡一道美丽的风景……

电影录音剪辑

在电视机还没有普及之前，社会信息的传播、文化娱乐活动的推广，除报刊之外，另一个重要的渠道就是“广播”。比起报刊这个历史悠久的大众传媒，“广播”则拥有覆盖面更广，传播更及时、更快捷的特点，而收听节目不需费用，也是过去多少年里报刊所缺乏的优势。因此，很长一段时间里，“广播”可以说是无处不在的宣传员，是循循善诱、苦口婆心的良师益友，是为求知者无偿做着奉献的知音，也是老百姓日常生活的亲密伙伴。古今中外动听的音乐旋律，被她装上了翅膀，在天南地北的山山水水间回荡，感染、打动着亿万心灵；世界各地灿烂的知识文化，被她装上了翅膀，在城市乡村的芸芸众生中播洒，丰富、活跃了人的思想。

我从小学到中学、大学甚至参加工作的最初几年，正处于这样一个以报刊、广播作为传播主渠道的年代。而那时报刊的种类远不如当今这样的万紫千红，大众类刊物更是少见，人们接收信息、知晓天下更多的还是依赖于广播——中央人民广播电台、省市县广播台（站）播出的各类节目。除从广播中收听重要的时政新闻之外，像我一样的青少年学生最喜爱的是中央人民广播电台的两个文艺类节目，一个是由曹灿、金乃千、张家声等语言大师轮番主播的《小说连播》，另一个则是常常在晚间播出的《电影录音剪辑》。在那个信息渠道不畅、传播手段匮乏的岁月，这样两个节目，似甘泉，滋润了我们这一代人的青葱岁月；像知音，慰藉了我们这一代人的苦乐年华。对我们而言，这不啻是一份精美的免费文化大餐。几十年过去，虽然曾经收听过的那些电影的故事情节早已淡忘，但从广播里传出的那些奇妙的声音以及为追随这些声音所做的付出，却深深植根在我们记忆的深处，久久不能忘怀，成为温暖人生的一段往事。

也许有人会说，电影是一门综合艺术，需要眼、耳并用，现场观看才能领略其风采。不可否认，欣赏电影的最佳方式应当是在宽敞舒适的影院里、在空旷高远的广场上，那一块银幕，在光影的奇妙变幻中，在音响的起伏衬托下，演绎出千军万马、儿女情仇、山川风月、古往今来，吸引着成百上千的男女老少为之兴奋、紧张、痛苦、快乐。这，才是欣赏电影的正宗仪式，才能体会到集声光电、故事、人物于一体的电影的魅力。

这当然一种至美的境界，是一种无可挑剔的艺术体验。但是，过往的年代里，受种种条件的限制，看一场电影对于老百姓——尤其是对居住在山区边远小城镇的老百姓来说，这种身临其境的美的体验，可算是一件奢侈之事。即便是条件优越、有着华丽影院的北上广等大城市，很长的岁月里，放映的电影不外乎苏联、朝鲜、越南、阿尔巴尼亚等社会主义国家的那几部电影，还有就是我们的“三战”加“样板戏”。不要说今天习以为常的欧美大片在那时是个做梦都不会有的词汇，即使是当年友好国家的电影新作，我们也不能够及时看到。《电影录音剪辑》正弥补了这一缺憾，从这里，不仅可以欣赏到想看而未能看到的电影，而且，一些曾经看过的、喜爱有加的电影也能够通过这个节目重温、回顾，做一番另类的欣赏。

到了20世纪70年代末、80年代初，随着国家改革开放政策的实施，大量优秀的外国文艺作品开始登陆国内文化舞台，特别是过去十多年中闻所未闻或闻而未见的欧美国家的优秀电影作品在中华大地刮起了一股旋风，给长时间在封闭文化氛围中生活的人们带来了久旱逢甘露般的喜悦。看外国电影、谈外国电影、模仿外国电影人物的穿着打扮，成了那一个时期的时尚。

然而，我生活在江南的一个小山城，时空的局限，使我无法像北京、上海，甚至南京、芜湖这样一些大、中城市里的年轻人那样，能在第一时间欣赏到这些外国电影，最多只能看到类似于《流浪者》《桥》《追捕》《摩登时代》等这样为数不多的几部，其余关于优秀电影作品的了解和欣赏，便只能依赖于中央人民广播电台的《电影录音剪辑》节目了，她使我们不再受地域的局限，欣赏到更多的国内外电影作品。收听这个节目成了我中学时代直到大学时代乃至工作以后、电视机大面积普及之前的重要的业余文化生活。

记不清有多少个夜晚，在家乡的星空下，在校园的荷塘边，我或独自一人，手持一个半导体收音机，或与学友相伴，围坐在宿舍、湖畔，全神贯注地收听着《电影录音剪辑》。虽然看不见画面，但我们的眼前仿佛就是简·爱和罗切斯特的山庄、是吉卜赛人欢歌的草场；我们的周围仿佛就是硝烟弥漫的战场、是萧涧秋与陶岚并肩漫步的水乡。虽然嗅不到花草的芬芳，但鼻尖上真实地有田野丰收的气息，视野中也仿佛飘洒着片片瑞雪，寂静中传递着生命的律动，声音打动着我们的心，故事感染着我们的情绪。即使是曾经在电影院看过的电影，只要《电影录音剪辑》这个节目有播出，我们仍然会如醉如痴地静静地从头听到尾——不，准确地说，是在借助耳朵，从另一个视角重新去“观看”这些电影作品，去领悟其艺术魅力。当有了收录两用机时，我们还常常将节目转录到磁带上，相互传递、交换着欣赏。

印象最深的是20世纪80年代末的一个秋夜，我出差回到宿舍，劳顿未消，便习惯性地打开收音机，调到《电影录音剪辑》这个节目，不经意间听到了美国故事片《走向现实》的片段。只几句简短的对白、几段旋律优美的音乐，就让我迷上了这部电影。因为是在节目播出的中途打开的收音机，所以没能收听完整，好在节目预告：第二天有一次重播，给了我满足心愿的机会。次日，我像是要迎接一位贵客一样，早早做好了准备，提前打开那台夏普牌收录两用机，并在两个录音卡槽中装好了磁带，有心要把这部电影完整地录下来。

当《电影录影剪辑》的节目开始曲刚刚响起时，我便迅速地按下了录音键。随着故事情节的展开，旋律优美的主题音乐，主人公阿尔弗莱德和女友的爱恨情仇，他对事业、生活的执着态度，父子、朋友间的情感纠葛，深深地打动了我。更重要的是，为故事人物配音的几位演员，声情并茂地演绎了人物性格，通过声音向我们呈现了一幕青年人的创业大戏。而给男主人公配音的就是当时广受听众喜爱的著名话剧演员瞿弦和，他那磁性的声音在秋夜里荡漾起如梦如幻的气息。

物以类聚，人以群分。基于相同的艺术情趣，我的身边聚集了一批《电影录音剪辑》的痴迷者，我们经常在一起交流“听影”感受，品评作品得失，推荐名家名作，给单调、枯燥的校园单身教工生活带来了特别的色彩。而这部《走向现实》，是我推荐给他们的人次最多的作品之一。我也记不清那天录下的那盘小小的磁带被转录了多少遍，更说不清有多少人听过它，毫不夸张地说，整整一个学期的时间里，这部电影的主题音乐、人物对白时不时地就会在学校年轻教师的宿舍里中响起来。有几位老师还将它转录给了自己的学生，把这部电影的旋律传播到了学生寝室。更让人惊喜的是，有次某班级的联欢晚会上，两个学生声情并茂地模仿了一段电影中的对白，赢得一片喝彩！然而遗憾的是，这部电影我们始终没能在电影院里看到，直到今天，留在记忆中的仍然是《电影录影剪辑》中那些声音演绎出的艺术信息以及由这些声音想象出的一个个画面。

对《电影录音剪辑》的追捧，最初似乎只是为了弥补现实生活中看电影的不便，但久而久之，这种追捧便演化成一种别有意味的艺术欣赏方式。通过《电影录音剪辑》“听”电影，无意间成为锻炼和提升自己艺术思维的一次实践，一个虚拟性的艺术创作过程。从单纯的技术角度看，作为一档广播节目，《电影录音剪辑》无法展示电影这门综合艺术所有艺术、技术要素，而只能局限于通过声音给我们描绘一个个艺术形象和场景，但正是这一带有局限性的表现形式，才使得她有了不同于在影院里看电影的魅力。魅力之一就是听一部电影比通过画面看电影，能给人更多的想象的空间，也更能锻炼人的形象思维能力。

在电影院里或通过电视看电影，面对的是闪烁的银幕，是由别人设计好的画面、人物，你只能让自己的思维、情感随之而动，这种艺术的体验是被动的。但是在“听”电影的过程中，原本是迫不得已的、被动的艺术体验形式就转变成了你乐在其中的、主动积极的参与行为。你可以根据听到的情节内容、音乐、人物对白，按照自己的理解和认知，去构思自己心仪的画面场景、人物形象，这时，你自己俨然就是这部电影的导演和演员。也许你心中构思的画面和这部作品所表现的并不一致，而恰恰是这不一致，才更体现出了艺术创作的奇妙，体现了主观参与创造的魅力。这恐怕正是《电影录音剪辑》这个节目广受欢迎的原因。

今天，我们早已不会为看电影而发愁了，电影院的硬件设备也早已发展到了高大上的水平，科技的进步使得电影具有了更强的艺术冲击力，观影的效果更加丰富、刺激。但《电影录音剪辑》所带给人们的艺术体验仍然有着她的独到之处，我们不妨再一次静下心来，去“听一听”电影，在声音中享受一次别样的艺术熏陶。

万家阿妹是男生

从西门口往北到文昌巷的西口，一百多米长的老街，隔着五六米宽的青石板小道，街上东西相对而立着一幢幢徽派风格的砖木结构二层小楼，总计住有百十户人。我就是在这里度过了童年和少年时代。

这条街道东侧的一面，又每隔三十米左右，依次衍生出三条支巷。

从南往北第一条小巷里有两条岔路，一条引向东再折向南，通往大街；一条拐向北，转几个小弯后接上了文昌巷的东口。小巷里零散地有几户人家。

第二条是个封闭的窄而短的小巷，进深约有十多米，南墙是县酱制品厂的仓库，北墙是街坊冯家。住了几年之后，冯家人口渐增，原先的一间屋子不够用了，便向县房管所申请并得到同意，找砖瓦匠为其封住巷口，改造成了自家的厨房及卫生间，也算是“巷尽其用”了。

第三条小巷和我家之间隔着一幢楼房，巷子比较深，快到尽头时，南墙上开有一道门，那是张家大宅的入户大门；北墙上开的是“工农旅社”的后门；再往深里走，就是一个独立的小院，里面住着四户人家，其中就有万家。

万家夫妇一共有五个孩子。三男两女，奇怪的是几乎全取了女孩名。要说老大和老五是女生，取名春兰、小凤无可非议，可老二是男孩，和我同龄，却取名阿头（丫头），老三即是我要写的这个被取名阿妹的男生，老四也是男生，取名却是玲玲。个中缘由，至今也不甚清楚。

街坊邻居的孩子们都管万家夫妇叫万大大、万妈妈。印象中他们两人似乎都没有什么固定的职业。万妈妈更多时候是在家管带孩子及洗衣做饭等家务事，万大大做过几个工种，最后一个是在县农机厂食堂做炊事员。当年的“炊事员”是和“驾驶员”“采购员”一起并称为最风光的“三大员”，几乎无所不能。我和几个小伙伴就沾过他这个炊事员的光。那时电视机刚刚上市不久，仍属于稀罕物件，平民百姓能看上电视就算是开“洋荤”了。而万大大上班的农机厂正好有一台十八寸的黑白电视机，平时都锁在会议室里，到了晚上才由专人打开，让上夜班的工人师傅们看看。我们跟着阿头、阿妹，由万大大带着进去看了几次，骄傲地成为街坊中最早看到电视的几个人。不过看了几次，也没什么留下印象的节目，有次是播映豫剧《朝阳沟》，我们也听不懂，没等看到一半，就撤回西门口和一群同龄人你追我打地闹上了。

万家老二阿头虽和我同龄，但更多时候和我们一玩耍的，却是小两岁的老三阿妹。因为阿头是家里的男生老大，常常要帮他妈做点事。而有他这个哥哥顶在前面，小一点的老三阿妹就有了玩耍的时间，跟着我们从北街疯到南街。

跟在我身后玩闹的一群人中，阿妹属于年龄较小的，这小子个头不大，却比他的兄弟们长得敦实，相貌也更周正，机灵劲十足，手上有劲，掰手腕常常会赢几个比他大的孩子。而且平时话不多，更重要的是服从我的调遣指挥。下河摸鱼游泳，和南街、北街、东门一带的孩子群斗，只要我招呼一声，他便风风火火地跟上我的队伍。

我们那会儿，学校留的作业不多，放学回家后，有大把的时间疯玩，常常把街上弄得鸡飞狗跳，各家大人也常常要站在家门口扯开嗓子喊自家孩子：“给老子死回来！”但玩疯了的孩子们大多是听不见这些呵斥的，依然是不玩累不回家。

然而，好景不长，跟着我们疯玩几年后，不知怎么的，那一年万大大遭遇意外不幸去世了。万家失去了顶梁柱，生活就变得艰难起来，五个孩子，除了老四、老五还勉强在上学，老大、老二、老三，便都提前走上社会谋生了。

阿头好像是去学了个砖瓦匠的手艺，阿妹则在万妈妈的央求下，被农机厂特招为学徒工，干上了机修的活儿，和我们一起玩的时间便少了。时不时能看见他下班或上班从我家门前路过，咧嘴笑笑，算是打了招呼。和那个时代流行的风气一样，上了班后的阿妹也是一副标准青工的模样：夏天上身穿一件圆领白的或蓝白条纹的短袖汗衫，俗称“海魂衫”，是当年风靡的“时装”款式。有时穿的是胸前印了“县农机厂”字样的跨栏背心，露出两只肌肉饱满的胳膊，而长袖的工装上衣外套，常常是随意地搭在左肩膀上；下身是劳动布的长裤。虽然每天上班是和车床、机油等打交道，一般人多会一身油污、邋里邋遢，但是下了班的阿妹浑身上下却是干干净净、清清爽爽的，伙伴们还笑话他会打扮，把自己弄得“轻丝丝的”。最显眼的是后腰间挂着几把钥匙，和钥匙挂在一起的是一把十公分长的不锈钢尺，走起路来晃晃荡荡，钢尺和钥匙碰撞在一起，便发出叮叮当当的脆响。

那时像阿妹这样的学徒工，每月工资不过十多元，大姐出嫁后，哥哥阿头和他挑起了家庭生活的重担，按月将工资交由母亲管理，自己能支配的零钱很少。再早些时候我们一起看电影，只需买五分钱的儿童票，渐渐大了以后，看场普通的电影都得一角钱，遇上宽银幕的，就得一角五分了。舍不得花这钱的人家便把孩子的这个兴趣剥夺了。但在这方面阿妹似乎没受到影响，没见他抱怨看不了电影，有些片子还看了不止一遍。只要在街上看见他，照例肩上搭着工作服嘴里却哼着小曲时，十有八九又去看了场电影，嘴里哼着的就是电影里的歌曲。有次在电影院我和他遇上了，便问他，经常看电影，万妈妈不反对吗？一分一毛都不是大街上能捡得到的。他这才告诉我，自己和妈妈说好了，每个月就只要几毛钱看电影，其他一分钱不花。平时上班吃食堂，回家吃妈妈做的饭菜，又不喝酒不抽烟，每月的工资大部分省下来给家里用作生活开支。听他这么一说，我由衷地感到阿妹显然比同龄人多了一份责任感，也多了一份自律。

阿妹看电影不像我们只管看情节，看热闹，看完后便聚在一起比赛模仿电影里的人物，背诵几句台词、扮演几段情节。他记着的是电影里的插曲，平时总哼哼几句。开始我们也没在意，可有一天街坊们听见他在青弋江边放开嗓子唱了几首歌，让大家惊讶不已以为是专业歌手，一致夸他有唱歌的天赋，并有人让他试着去考县剧团时，我们才恍然大悟：原来他是对唱歌有兴趣，且真有去正经唱歌的想法。

阿妹唱得最好的歌是电影《闪闪的红星》插曲《红星照我去战斗》。那部电影的外景有不少就在我们家乡一个叫蔡村的地方所拍。特别是潘冬子坐着宋大爹撑的竹排顺流而下，两岸翠竹婆娑、一溪清流荡漾的镜头更是我们所熟悉的风光，只要这个场景一出现，优美的伴奏音乐响起，整个电影院里便是一片掌声，尤其是最前排银幕下方席地而坐的儿童们更是一片欢呼。也许正是这一情结，阿妹对这首歌尤为喜欢，有空就会哼唱“小小竹排江中游，巍巍青山两岸走……”，听到的人就会报以掌声，向他竖起大拇指。

据说阿妹也确实有过去考县剧团的念头。试了一次，考官们指点他需要接受点专业的辅导和训练。对他来说，这个要求不亚于一只拦路虎，时间和学费都无法保证。阿妹便放弃了，只把唱歌当作业余爱好自娱自乐了。

现在想想，阿妹在唱歌上似乎确实有天赋，天生了一副好嗓子，父母给他取个女孩名，是不是也无意中也给了这个天赋的暗示呢？而如果他有好的家庭条件，不需要在职业兴趣和人生追求初步形成之时，就被生活的负担所压迫，而有适当的训练机会和条件，他也许真的能成为一个歌唱家，至少是一个能以唱歌为业的演员。然而这一切都是设想，阿妹未能圆自己的唱歌梦，是他个人的遗憾，又未尝不是那个时代和那一代人的遗憾呢？

我考上大学远离家乡的时候，阿妹仍在农机厂当学徒工。大学的前两年，每年暑假我都要回到西门口家中，短暂的假日里也能和阿妹以及其他儿时的伙伴见上几次面。但在我是度假，在他们却是平常的作息忙碌日子，因此，我们的见面也都是匆匆一过，说不上几句话。那时的阿妹比少年时更显健壮了，嗓音也更加成熟和丰厚。还听说他时不时和朋友一起去歌厅一展歌喉，也在县里一些大大小小的比赛中拿过奖，便祝愿他能遇上个机会，被专业团体看中，一举走上专业之路。他只笑笑，说没那么简单，不去想那好事了。

再后来，我家搬离了西门口；再再后来，西门口那条老街在一片惋惜声中被拆掉了，包括万家在内的老街坊们搬去了四面八方。回到那个印着童年足迹的地方，见到的一切都是陌生的景物，老街不在，故人不在，阿妹也没在。那一天，倚着西门口城墙，打量着曾经的小巷巷口，我忽然想：当年如果赶上了“星光大道”“我要上春晚”等火爆的选秀节目，阿妹没准也早已成为名闻遐迩的歌星，走南闯北，风风火火、呼风唤雨了。

那么，青春时的阿妹没能赶上选秀，在步入中年之后，会不会再去赶一场夕阳红的选秀呢？我想找到他，鼓动他去试试。

汤汤水水度苦夏

据说，一个胃口再好的人，到了盛夏时节，食欲也会大受影响，而且对食物也会更加挑剔，日常饮食中的大鱼大肉、荤腥油腻的占比下降，清淡或汤汁类吃食不经意间增多起来。这一方面是因为夏天气温高，人出汗多，需大量补充水分，汤汁类食物正应此所需；二来恐怕也是因为天热心躁，人们也没有心思和精力再去做烧炒煎炸的复杂烹饪了——至于那些无惧于酷热的吃货们仍然会围炉酣吃畅饮则算另外一道风景。现实中绝大多数人，还都是会把汤汤水水当作清热消暑的首选饮食种类。

当下物资丰盛，科技发达，给了人们饮食选择无限大的空间，也给人们度夏消暑提供了更多的美食品种，即便是汤汤水水、简简单单的吃喝玩意儿，也能做出百般花样，其品种多到我此时无法一一叫出它们的名字，反正是苦辣酸甜咸、软硬干稀稠、南北中西味一应俱全，让人大饱口福；赤橙黄绿青蓝紫，五颜六色异彩纷呈，让人眼花缭乱。

然而，时光退回到20世纪70年代，人们却没有这样的福气。那年月国家实行计划经济，生产生活都由“计划”安排调剂，吃什么、怎么吃、吃多少，全在“计划”之中。一年四季，饮食上没有多大选择的余地。而到了夏天，除经年不变的家常饭菜之外，特别作为消暑解渴的食品不仅品种稀少，而且也没法做到足量供应。瓜果虽好，却属稀罕物品；冷饮可口，不过冰棍汽水，而今极为普通的“可乐”“雪碧”“冰激凌”那时更是闻所未闻。百姓人家，收入有限，口袋里没有多少钱，做不到见好就买；家中既无冰箱，又无空调，自然是无法炮制美味佳肴，印象中，街坊四邻最多就是熬点绿豆汤之类，放凉后当作冷饮饱饱口福而已。

绿豆具有的清热解毒、消暑、利水的功效自不必说，而绿豆汤则可谓是传统的消夏饮品兼食品，在当年更要算得上相对高级的美味。记得那年月我们每月的定量口粮中，总会搭配有一些五谷杂粮、豆薯玉米等，日子过得细心的人家，便会将这些杂粮分门别类收纳于罐、瓶之中，随季节变化有序地安排家庭饮食。芒种一过，夏至降临，随后小暑大暑接踵而来，三伏降临，天气渐热，平时攒下的绿豆就被请了出来，成为降温除暑的宝贝。

熬绿豆汤不需要多少技术，只要把豆子与水的比例配合适就行，还有就是尽可能不用铁锅来煮，在我的家乡大多是用土陶的汤锅或者是钢精锅（铝锅），而且也不占用日常做饭的灶台，只用一只泥制的小炉子——我们管它叫“风炉”，上下两层，上面一层搁上木炭做燃料，下面一层开有一个大豁口，用来空气流通，借风助火势。就这样，砂锅在炭火上慢慢熬上个把时辰，一锅绿豆汤就大功告成。细看锅里，一粒粒豆子皮肉分离：肉，沉入锅底，粒粒酥软，入口即化；皮，浮在水面，叶叶浮萍、朵朵小花似的诱人。把砂锅从炉子上端下来，置于一旁，稍许再坐进一盆凉水中自然降温，到了傍晚时分，绿豆汤就凉透了，喝上一碗，你会感到从里到外的凉爽舒坦。年少懵懂，不解为啥绿豆熬出的汤水有时却是淡红色的，后来方知个中缘由。一是和绿豆的年份有关，新鲜的绿豆，熬出的汤就是本色本味，淡淡的绿；若是贮存时间久了，熬出的汤则会是另一番模样。二是在熬煮中的绿豆发生氧化，将本色滤去，便呈现出了淡红色。不过，汤红汤绿，味道差别都不大，而那些时光中，能有就是福气，谁也不会去计较其色泽偏正了。

夏天要补充糖分，既为养身也是为迎合口味，可那时白糖供应紧张，人们便以糖精代替，在熬好的绿豆汤中撒上几粒，喝起来有丝丝甜味入口入胃，也是极大的满足。后来听说糖精乃是从焦炭中提炼的，味道虽好，吃多了却对人体不利，也就尽量不用了。而即便是淡淡的汤水，因为有了绿豆就变得有滋有味。人们有时也会在锅里加点大米熬成绿豆粥，早晚食用，配以蒸南瓜或红薯，这不仅解渴而且充饥了。

不过绿豆也不是随意能买到的品种，其身价自然不菲，算得上奢侈品了，所以，在我的家乡，盛夏来临，除了熬绿豆汤解暑，人们更习惯于用葛粉冲水作为降温解暑的饮品。这“葛粉”算是家乡的特产之一，由一种名为“葛”的植物根茎加工提炼而成。家乡四周环山，每一座山上甚至乡村河畔路旁，几乎随处可见葛的芳踪。春天，葛在土里自由生长，枝叶翠绿，还开有蝶形的紫红色小花。入秋之后，花瓣坠地、枝叶渐老，土里的根茎也就粗壮得让人们心热了。拿上锹铲锄，选准了挖下去，一条条粗壮的葛根便带着土地的温度裸露在我们眼前，成了我们的劳动成果。

虽然从植物学和中医学的角度说，葛这东西浑身上下都是宝，枝枝叶叶也都有价值，但在家乡人眼中，最实用的还是它埋在土里的根茎部分，它的淀粉含量极高，且甘甜清香，自是上天赐予百姓的美食。对待葛根，人们又有两种食用办法。一是洗净，切成长短合适的小段，放进锅里加满水蒸煮，熟透的葛根就成了孩子尤其是女孩子们的最爱零食之一，在我的家乡，嚼葛根一如湖南人嚼槟榔一般，有外人无法体会的惬意和舒坦。深秋初冬的街头或学校门前，常见有老乡在身前摆着只竹篮，里面盛着几条粗粗的葛根，上面再盖一块纱布，布上搁一片切薄的葛根，意在提醒路人，有葛根出售。总有孩子们围蹲在一旁，花上三五分钱，买上一截，由老乡帮着切成薄片，放进嘴里一嚼，粉里的甜味便溢满了口腔，淀粉还可以充饥，虽当不了饭，但也能果腹解馋。

葛的产量很大，嚼原汁原味的葛根似乎消化不了每年的产能，于是，人们便将它加工成淀粉收藏——我们把这叫作“洗葛粉”，就是将原质的葛根捣烂再用水过滤出里面的淀粉，晾晒成块状便于收藏。这葛粉具有清热解毒、生津止渴、清心明目、润肠导便等功效，到了夏天，便成了人们清热解暑的佳品了。更重要的是，它比绿豆更便宜，甚至可以不用花钱，只要付出点劳力就可以在山间水畔寻得，本乡本土自产自销，吃起来也更有滋味。

不过，葛粉的冲泡却是有些讲究的，要冲泡好一盆葛粉却并不简单。葛粉汤的制作不用像熬绿豆汤那样直接在炉子上烧煮，而是分成两个步骤，先用温水将葛粉调成糊状，再用现烧开的水，急速地冲进去，同时还要不停地用筷子搅和才行。水少了，冲出的葛粉就会稠得似糨糊，失去了畅饮的方便；水太多，又会清汤寡水，没有了葛的特殊滋味。最可口的一碗葛粉汤，是明亮的透出几分浅黄的白色，飘散着天然植物和泥土的气息，放凉后，一口口喝下去，真真的是感受到从里到外的舒坦和凉爽。

那时每到夏天，天气好的日子里，母亲几乎每天都要顶着满天星斗，背着一只大木箱徒步二三十里下乡卖冰棍，直到傍晚才疲惫地回到家中。暑假中，我也会偶尔随着她一起去，但更多的时候，是在家里带着弟弟妹妹一起糊火柴盒勤工助学，家里的一日三餐就由父亲操持。但是，冲葛粉的活儿却是我抢着干的，似乎是在享受着把一块白色的葛粉碾碎调匀并冲泡成一大搪瓷缸淡黄色汤汁的过程。那时没有冰箱，要给冲泡好的葛粉降温，唯一办法就是将装着葛粉汤的搪瓷缸子坐进一盆凉水中，让凉水去进行物理降温，销蚀葛粉汤的炙热。要让汤凉得更快更透，盆里的凉水就需换上几次。晚饭前，我们会迫不及待地每人喝上一小碗，其余的仍然在盆里做“冷处理”。待到母亲回家时，葛粉早已凉透了，便成为一份可口的冷饮。我们递上一碗，又饥又渴的母亲几乎是一口气将它喝完，那种满足、舒坦的表情在我心上刻下了久久的印记。这不是一碗普通的葛粉汤，是老百姓对生活的寄托和表达，也是我们对母亲辛劳的感谢和致敬，它让闷热烦躁的夏天多了几分清凉和安闲。

后来听说，“葛”这个看着不起眼的山里植物，原来和东晋升平年间的著名道教理论家、医学家、养生家葛洪有着密切的关联，其名“葛”字就是得于葛洪的大姓。这一根清秀中略带甘甜的山间普通青藤，原本在漫山遍野自由生长，是葛洪发现了它的特殊价值，从而成为人们饮食养生的亲密伴侣。又据说在日本，“葛粉”被誉为日本皇家食品，且制作成各种各样的美味风行于世。这样看来，当年老百姓因贫困而食用的竟是价值不菲的“日本皇家口味”，心中又不禁多了几分得意。

这些年，人们保健养生的意识日渐增强了，葛根这种野生而又具有诸多功效的植物成了宝贝，葛粉的身价也就顺势而上，见风得雨，不断攀升。可真正野生的葛粉似乎越来越少，除人工种植之外，便有人开始滥竽充数，用廉价的红薯粉冒充或掺杂在葛粉中出售，那味道和功效自然就逊色了许多。为防上当受骗，家乡的亲朋好友每年总会给我预备几斤货真价实的葛粉，说是要提醒我们不要忘了家乡的味道。在眼下这个奇热的时节，我自然少不了会隔三差五地冲泡一杯，既是解暑，也是思乡。虽然感觉这味道不如当年，但仍然带着家乡的山野气息，这气息中自有一股浸透肺腑的甘甜和清凉。

泉城把子肉

那年初秋的一天，我随杂志社的几位编辑去泉城济南出差公干，对方单位给我们安排在了他们附近的一家小旅店里住宿。这里地处郊区，周边没有多少建筑，更少有商家店铺，出门便是望不到边的茫茫一片尚未褪尽绿色的庄稼地和一排排迎风作响的大杨树。旅店也就显得十分安静和孤寂了。离城市中心虽远了些，有诸多不便，但这样的环境倒是很利于夜间睡眠休息的，我们一行几人也就没再挑剔了。

第二天一大早，大约才五点多钟光景，我就醒了，耳闻屋外一阵鸟鸣，再也睡不着了，便起了床。走到店堂，看见早餐已在桌上摆放整齐，一只虚掩着盖子的大铁桶有缕缕的热气冒出来。走近一看，发现不过就是馒头、稀饭以及一盆黑乎乎的不知名字的咸菜。虽然一夜睡眠之后，此时的我已是饥肠辘辘，但面对这些“老面孔”仍然是没有食欲，便走出门去，想看看外面是否可以买到我心仪的早点。

出门来，左看看，一道高高的围墙围着一片建筑工地，看不到尽头地向前延伸而去，严严实实的墙体上，没有开辟一个门面，自然也就没有我想光顾的早点铺了；右看看，空空的一片田野，残水杂树野草，沟壑黑土小鸟，初秋的风不急不缓地掠过，稀薄的雾松松散散地飘荡，更衬托出四周的寂寞和肃静，也是不见一家店铺的影踪。

我不甘心地选择了沿着左边那道围墙向前方走去，盼望着能在它的尽头峰回路转、柳暗花明，出现美食和温暖。偶尔有几辆或空或装满货物的大卡车从身边呼啸而过，车轮卷起一阵尘土，铺天盖地地将我几乎吞没。

走到围墙的尽头时，发现前面横陈着一条宽阔的马路，路面虽然是碎石砂砾，但路两旁却有高高的白杨树，卫士般地守护着。从一块蓝底白字的路牌上，我得知这是一条从更远的郊区通往城里的道路。虽不到豁然开朗的境界，但这条路此刻至少让我的眼界得到了拓展，对周边的环境有了更多的了解。但是，早点在哪儿呢？店铺又在哪儿呢？

就在我内心即将又一次浮起失望的念头时，我发现不远处的马路对面围有七八个汉子，在他们身旁是几辆堆满麻袋包裹的木质架子车（板车）。这是干啥？一大早围拢在这荒郊野外？我好奇地走了过去，正巧一个中年汉子端着一只大瓷碗从那堆人中转身出来，顺势蹲在一旁用筷子扒拉起碗中的东西。看见我走过来，他善意地把碗朝我递过来，并说着我大致能听懂的话："老师，你也来上一碗？"我定睛一看，却是满满一碗大米饭上面放着两片肥瘦相间红嘟嘟的大肉，肉汁正慢悠悠地浸向周边的米饭，让那些饭粒也有了淡淡的酱红色。

那汉子见我有些不解，便告诉我："把子肉，好吃，香，饿了快买，一会儿就卖没了。"我俩说话间，原先围在那儿的人们也都人手一碗散蹲在了四周，这就把圈子中心显露了出来。原来是一架卖饭的板车，车上陈放着大小不等的几只大木桶，一只装着米饭，一只装着些碗筷，一只架着一口铁锅，锅里齐齐地码着一层层大肉，丝丝的热气，酱红的色彩，给我早已空空的肠胃猛烈的刺激。我脱口而出地说了句："给我来一碗。"

满满一碗足有四两米饭，上面放着肥瘦相间油汁饱满的大肉，我端着这只碗像那几位大汉一样蹲在路边，迫不及待地往嘴里扒拉。米饭稍稍有点硬，可肉却实在软乎，咬一口滋滋冒油，再就一口米饭，如此反复，不几口，肉少一片饭余半碗，这才歇口气。旁边的那位汉子已把一碗饭吃完了，也许是吃得急了，有些热，他索性脱掉了上衣，露出黝黑健壮的身材，打着饱嗝从架子车上拿出只玻璃瓶喝起水来。问我："香不？"我不好意思地点点头："好吃，过瘾。"那汉子笑了笑，身边其他几位汉子也有笑的。汉子说："你真识货，这把子肉可是好东西，俺们每天一大早从家里出来，赶到这儿吃他一碗把子肉早饭，一天都有劲，赶车干活都不累。"一帮人相互招呼着拉起板车继续赶他们的路了，那商家也数清钱款收拾一番踏上回家的路。

我回到旅店，兴奋地将这一顿神奇的早餐告诉了同行者以及当地合作单位的同志。他笑着说，"你还真行，一大早就能吃得下这大肉干饭。"我问，"是不是因为这种饭菜是专供干体力活的，让他们吃了能有一把子劲干活，抑或肉的块儿大才叫'把子肉'呢？"他回答不是，随即就把"把子肉"的由来对我说清楚了。

原来这"把子肉"是山东这一代地方流传了数百年的传统民间美食，看外形，和徽菜川菜中的"梅菜扣肉"并无不同，但色泽、滋味却更饱满，肉质也更肥厚，块儿更大，也不搭配其他辅菜，直来直去的就是大肉招呼，颇似当地的彪悍民风。惯常爱吃这道美食的，确实大多是那些干体力活的农家汉子或贩夫走卒。他们体力消耗大，需要补足营养，而体力的消耗又让人胃口大开，唯有大肉大米饭才能解馋充饥。而更有其特别意义的是，这“把子肉”的“把子”二字并不是我原先臆测的那样指肉的块头大小，而是和三国时期的猛将张飞有关。

相传张飞早年屠猪卖肉，豪爽仗义，爱结交天下好汉，尤其是与刘备、关羽相识相知后，更是激情澎湃、斗志昂扬，恨未同年同月生，相约同年同月死，便磕头相拜结为异姓兄弟，这就是民间定义为“拜把子”的仪式。既是仪式，少不了美食美酒助兴，可这哥仨一个是屠夫、一个是履贩、一个是枣商，都挣不了几两银子，个个囊中羞涩，如何去张罗一桌美酒佳肴？情急之下，张飞便挥刀宰肉，切出大块加油加酱大火蒸煮，待到一锅既出，倒也味美色艳，给“拜把子”的仪式增色不少，从此，此款美食便定名为“把子肉”了。

我自认是个能打八十分的“吃货”，那一次和“把子肉”的偶然相见，便在心中留下了难以忘怀的记忆，此后至今再去泉城，每次都要向当地的朋友提出：本人饮食要求不高，只是想吃上一碗正宗的“把子肉”，可每每都不能如愿。有时是因为开会集体活动，会上一日三餐都没有这道菜，我也就没法满足愿望了。有时得空可以自由活动，向友人提出找个有“把子肉”的餐馆，却被嘲笑为“那是贩夫走卒的食品”，身价低而不愿带我解馋，无奈只能一直在心中想念。

直到两年前的夏天，我带着家人自由度假去了泉城，再次提出要吃上一份“把子肉”，友人在我再三要求下，四处打听，终于找到一家按他说法还过得去，不至于太简陋和粗放的餐馆，让我时隔多年后又一次见到了这份美食。

这餐馆乃是闹市之中一片居民楼的底商，门面不大，却也窗明几净，四方小桌塑料座椅，食客们也是穿戴整齐，进进出出，吃菜喝汤专注而沉着，偶尔有交流搭讪，也是微言轻声，不闻高声喧哗。待到一份“把子肉”端上桌来，看看也是当年那番模样，色泽鲜亮，汤汁微漾。家人早听我念叨过多次“把子肉”，却一直未见过真容，心中不知是什么模样，这一见，直说是和“梅菜扣肉”没啥两样，不过是块头大些而已，看不出会有什么特别的滋味。我便又一次给她们讲起这土货的来历以及当年我初尝时的那份视觉、味觉的激动，再三鼓动她们大胆下筷，勇敢入口，并带头举箸夹起一块最大最肥厚的送进嘴里。谁料几番咀嚼之后，各位却没给予好评。我在细嚼慢咽的过程中，也觉得不复当年那个秋天在路边尝到的滋味。找来店家一问，其做法、食材，都货真价实，没有偷工减料之嫌，并信誓旦旦地声称本店是翼德后人、祖传手艺，绝没鱼目混珠、张冠李戴。并笑我是吃多了天下美食，油水充足，早已没有了当年的饥饿感，自然也就不觉得这土货香美了。

我内心有点认同他的说法，但三思之后，感觉这只是理由之一，更重要的还在“把子肉”这类美食，本就是民间“野味”，田间地头、江湖市井，挟风带雨、赤膊挥汗，才好大快朵颐，品出滋味，而一旦登堂入室、穿靴戴帽、精雕细刻，就失去了它本真的内涵，销蚀了那一份豪放和直爽，变得不再是原汁原味，只能徒有虚名了。细想起来，当下不仅仅是这“把子肉”，还有更多的传统民间美食面临的境遇也都大体如此。

什么货色、怎么吃法，效果滋味是大不一样的，一如这“把子肉”，只有端着粗瓷海碗，放下身段，蹲在田间路旁，大口咀嚼，才能在让美味滋润肠胃的同时，体会到张飞等豪杰志士的忠肝义胆、气冲霄汉。

时节已入秋季，列位看官不妨寻一处“把子肉”的摊铺，着实地补一回“秋膘”。

风轻云淡

人间有爱，天下平安！

爱在这一年

一年多来，在和新冠疫情的抗争中，我们经历了生离死别的痛苦，也磨砺着坚韧的毅力。我们守望相助、同仇敌忾，用诚挚的关爱守护生命的家园，以人性的温暖激发战疫的力量。一个个感人的场景、一个个温情的瞬间，凝固成难忘的记忆。它们像一颗颗闪光的珍珠，照亮了疫情肆虐下的大地；又像一簇簇火苗，在寒冬里点燃起春天般的温暖希望。此刻，在这场战斗取得了阶段性的胜利，明媚的春光正冲破严寒的封锁阔步而来之际，回味这曾经的一幕一幕、一点一滴，我的内心充盈着深深的感动和敬意。

避免或减少接触一些可能传播病毒的物体是疫情防控的一个重要措施。而在人口众多的城市里，公用电梯无疑是一个疫情隐患较大的密闭空间。那承受无数人手摸指触的开关、按键，不及时消毒、清洁则又会增加病毒传播的概率。我所居住的小区每栋楼有三部电梯，承担着楼里200户人家的出行。为确保安全，邻居们想尽办法尽量减少直接触摸按键。开始几天，每人都是自备一小张纸巾，按好按键后再叠起来，等下楼或回家后扔进垃圾桶。一天早晨刚走进电梯，我便看见开关按键旁边粘上了一只长方形的小纸盒，里面装满了裁成小条的硬纸片，纸盒旁边还贴着一张用A4白纸画的彩色图画，国旗、五星、红心、红十字和太阳等图案在画面上有序呈现，中间是八个工整的大字：“武汉加油！中国加油！”下方一行字略小：“叔叔阿姨请注意防护。”字迹稚嫩却十分整齐，显然是一位小学生的手笔。我的心瞬间被温暖了。虽然不能准确地知道他是谁，但这幅画、这行字、这盒纸片深深触动了我。有了这盒小纸片，邻居们上下楼开关电梯方便多了，还能在一定程度上避免细菌病毒的传播和交叉感染。真是小小纸片、浓浓爱心啊。被这一善举带动，那以后，我每天也把家里废弃的小纸盒、小包装物，剪成一张张那样的小条，用喷雾酒精消杀后，再整齐地续放进那个小盒里。而且我发现，被感动和带动的远不止我一人——尽管每天消耗很大，但纸盒里的小纸片却一直是满满的，而且颜色繁多、形状各异，这不正是参与者越来越多的最好证明吗？

一年来，面对新冠疫情，人们显得空前的团结和友爱。为保证业主的健康安全，楼里的保洁人员也加大了工作量，每天两次——疫情形势最紧张时甚至是每隔两小时就要做一次消毒保洁。邻居们上下楼见到一丝不苟用酒精擦拭门把手、电梯开关的保洁员，都会发自内心地送上一句真诚的问候。而有一天，我清晰地看见，在电梯间贴着的那张清洁记录表的左上角，醒目地贴上了两个红纸剪出的小红心，红心下有一行工整的钢笔字："保洁阿姨辛苦了！共抗疫情，感谢有您！"显然也是一位学生的笔迹。一句朴实无华的话语表达出最真诚的赞誉。保洁员告诉我，早晨上班第一眼看到这个时，眼泪都感动得掉下来了，多懂事的孩子啊！

虽然一只口罩遮住了大半个面容，使得小区居民们即使面对面彼此也看不真切对方，但需要帮助时，彼此都会毫不犹豫地施以援手。那天下午，我去小区门口取快递，事先没想到会是几只大而笨重的纸盒。身着厚厚棉服的我，两只手吃力地捧着这些纸盒，像端着一座小山，步履艰难。正当尴尬之际，一个个头高高的小伙子迎面快步走来，说："别急，我帮您拿几个吧。"随即便卸去了我端着的这座"大山"的一角，我顿时轻松了许多。他一直把我送到了家门口，才返回去取自己的包裹。而我忙着喘息，竟连句感谢的话都没来得及说，甚至没能看清他是谁。

在与新冠做着坚决斗争的这一年中，无论是寒风刺骨的严冬还是骄阳似火的盛夏，始终都有一股温情在涌动。这温情涌动在白天黑夜、院内院外这现实的环境中，也涌动在一小区业主微信群这一虚拟的空间里。在需要尽量减少接触的特殊时期，微信在街坊邻居的互帮互助上犹如神来之笔，写下了感人的篇章。

防控最紧张最关键时小区实行了封闭管理，一天中午，我所在业主微信群里有邻居求援，说因为从外地回京后，被隔离了一周，家中菜米油盐均告罄。不到十分钟，就有三四位邻居发出温馨的响应："我家有，给您放在 X 层电梯口，您去取吧。"饮食之困瞬间化解。那位邻居连发三个红心图案表示激动加感谢，并留言："邻居们让我感到了疫无情，人有情！"又一天傍晚时分，有邻居在微信群里求援：需要装杂物的大纸盒，可自己一时无法外出，请求支援。不到五分钟，便有邻居回复，自己有几个可以提供，已送至楼层电梯口，请前往自取。还拍下了照片作指引。还有晚上急着为中考的孩子打印材料的求援，也几乎是分分钟就有响应并落实。

北京新发地疫情出现后，大面积的核酸检测正式成为防疫抗疫的重要手段。集中检测，人多量大，难免需要排队等候，而 2021 年年初的那次检测，又正值天寒地冻，北风阵阵，露天排队无疑令家中有老人孩子的邻居感到了不便，早去了排队受冻，去晚了又担心错过检测，不由得在微信群里叹气。于是就有邻居主动承担起瞭望、侦查的任务，把自己检测时的人流情况实时在群里发布，提醒邻居在恰当时出门。还有邻居将市属医院有关防疫的讲座音视频分享到群里。一时间，微信群成了街坊们抗疫防疫的前哨阵地、邻里间抱团取暖的绿色纽带。

这点点滴滴的互助关爱，虽然不能像灿烂的阳光那样驱散黑暗，但无疑是点点明澈的星光，化解了人们对黑暗的恐惧，让人们看到了前景的光明。联想到这些年我们曾感叹居住环境的变化，拉远了人与人之间的距离，偌大的小区里，成千上百户人家，都是上班一把锁、下班一道门，街坊邻里之间不再像当年那样走门串户、热络交往了，并由此而产生了“人情淡漠、世态炎凉”的无奈、叹惜和困扰。但这次防疫抗疫阻击战中，街坊邻里表现出的互帮互助、关爱关心，彻底破除了这种困扰！事实雄辩地昭示天下：友爱和睦、善意淳朴的人性关爱、人际关系从未走远，只要需要，它就会在第一时间来到你的身边。危难之时见真情。和善友爱的邻里关系在这样一个特殊的年份里经受住了考验，得到了完美的彰显，让我们在经历战疫的艰辛时，油然而生几分欣慰和自豪。

疫情一年来，温暖和爱意在社会的各个角落、各行各业静静地蔓延、扩散，凝聚成一道防疫抗疫的钢铁阵线。全国人不论老少、地不分南北，都自觉地进入“阵地”，身份、职务不同的每一个人，都无时无刻不在互相关心着、关怀着，做着自己力所能及的奉献。如今，难忘难熬的庚子鼠年已渐渐远去，我们走进了充满希望的辛丑牛年。防疫抗疫的战斗仍在继续，互助关爱也在升华并越来越浓烈，已成为最可靠可依的“抗体”。我们欣喜地看到点滴的爱心已汇成滔滔洪流，澎湃着生命的力量；明澈的星光正撕开层层雾霾，拥抱起浩荡的春风。

人间有爱，天下平安！

给日子上点颜色

那年冬天，一个很平常的日子里，我在一位朋友的办公室看到一盆开满了星星状红色小花的植物，枝叶青翠，花朵娇羞。问起花名，他却答不上来，只说很好养活。我羡慕至极，便随手掐下一截枝条，拿回来插在一个灌满了清水的玻璃瓶里，想着它能像朋友所言那样茁壮成长。

隔几日，枝条浸在水中的部分隐隐约约地长出了绒毛一般的细根。看来那位朋友说得没错，真的是“很好养活”，也证明我的移栽是成功的。那就由着它去自由成长吧，我只静待花开吐艳。

又过了几天，在一个微信公众号里看到一段传授用腐烂的西红柿做绿植盆栽的视频。说是把腐烂了而无法再食用的西红柿切成薄片，埋进花盆里，适时浇水，慢慢地，它就会发芽出土，长成幼苗，进而长成一棵悦目的绿植，最终能开花结果，长出美味的西红柿。我心有所动，便照着视频里说的程序，尝试着在一个花盆里埋进了几片西红柿，浇入适量的水，从此就天天盼着它出土发芽，给空间狭小、色彩单调的办公室带来绿色的生机。

于是，一个玻璃瓶，一个小花盆，各自承载着我的期盼、我的色彩之梦，在案头静静地孕育着新的生命。

那截尚不知名的花枝显然生命力更强。我观察到几乎每天它都在成长，浸在水中的那星星点点白色的绒毛一天比一天丰盛，已然有了根须的模样，在悠然自得地汲取着水中的养分，圆圆的叶片也越来越青翠舒展、肥厚挺括。而埋在花盆里的那几片西红柿却像沉睡了一般，好多天不见动静，看着每次浇下去的水被盆里的土壤瞬间吸收，我就想象着是那几片西红柿正在土里积蓄着能量，满心相信绿色的幼苗会在不久的一个清晨或者傍晚突然破土而出，带给我惊喜。

日子就这样一天天过去。带着对色彩的期盼，我忙里偷闲勤奋地隔三差五就往玻璃瓶和小花盆里续水。阳光灿烂的中午，还不嫌麻烦地将它们都移放到窗前，让它们享受阳光的爱抚。我知道，万物生长不能仅靠水的柔情滋养，还需要阳光的热烈拥抱，只有这样的“阳光雨露”并施，植物才有希望，色彩才会鲜艳。

又过了几天，玻璃瓶里那截花枝上原本细如发丝的绒毛渐渐长成了长短不一、粗细间杂的根须，汲取养分也似乎更加有力，把枝条滋养得渐显粗壮。而想象中西红柿的幼苗却依然没有出现。我开始怀疑网上视频的真实性，好在有那条花枝健康地如愿成长着，也多少让我的心态有了些平衡。

很快就到了春节假期，锁门休假之前，我给盆里、瓶里浇透、灌足了水，带着对花儿和青苗的挂念依依不舍地回家歇了几天。接着，一场殃及全球的新冠疫情爆发了，在积极做好自我防护的同时，心里也牵挂着那两盆植物。假期一结束，我就迫不及待地回到了办公室，打开门后的第一件事就是察看它们的长势。埋着西红柿的那盆里还是没有露出半星半点绿色。玻璃瓶里的水剩下了一半，花枝则显然更长了、更绿了，这昂扬的生机也让我的情绪获得了几分安慰和鼓励，多少减轻了对疫情的担忧和恐惧。

春天接着就来了。就在我对西红柿幼苗的出土几乎失去信心时，某个早晨不经意间却发现花盆里有三根幼苗拱出了土层，西红柿真的发芽了！我一阵欣喜，凑近了花盆，脸几乎贴到了盆沿，这才看清楚了，这是三根细如发丝的幼苗，钻出土层的部分大约只有一厘米的身高，透着几分惨白，颤巍巍地顶着两片绿豆一般的叶芽。它们实在是太柔弱了，我的喘息都会让它们颤抖。我只好屏着呼吸，用怜爱的目光和它们打着招呼，欢迎它们在这样一个特殊的春天走进我的日子里，感谢它们给眼下这段艰难的日子带来希望的颜色，眼里竟有点湿润。它们虽然是这样的幼小和柔弱，但毕竟是顽强地突破了土壤的压制，奋勇地开始了新的生命旅程。

而玻璃瓶中的花枝更是带给了我极大的喜悦！不知何时在它的枝头又生发出了三枝新桠，还开出了一片淡红色的小花，细细一看，每朵花都由四片花瓣组成，在绿叶的衬托下灿烂地露出笑靥，成为我小小的办公室里最亮眼的一抹色彩。我欣喜地给它们拍照，迫不及待地转发到微信朋友圈，要在第一时间里和大家分享这一喜悦。

在享受着花儿带来的愉悦的同时，我的注意力更多地转移到了那盆西红柿苗上，每天忙完手头公务后，都会弯下腰把脸贴近花盆仔细地察看幼苗的长势，期盼着它也能像那枝花儿一样，生机勃发、鲜活灵动。然而，连续数日，苗儿却不见有多大变化，一直都是那样的柔弱，那样的纤细，似乎缺少了一种生的欲望和动力。终于在一个早晨，我看见长得最高的——也只不到三厘米的那棵幼苗首先耷拉下了脑袋，以一种匍匐的姿势宣告放弃了生的权利。紧接着，第二天，另外的两棵也以同样的方式做出了放弃。我不知是什么原因造成了它们的夭折，只能把罪过记到自己对栽培术的不精通、对幼苗的关爱不够上，默默地将盆里的土覆盖在它们身上，也算是给了它们一个温暖的归宿。

玻璃瓶里的花儿兴致勃勃地生长着，根须越发茂盛，这“茂盛”似乎也在提醒我：小小的瓶子和一点点水分已然满足不了它的生存所需了，它需要更大的舞台好上演生命和色彩的大戏。于是，我将它移栽到了原先种着西红柿的那个花盆里，让它丰茂的根须和已经与土壤融为一体的幼苗相伴，我相信那几棵早逝的幼苗也能借它的成长找到生命的另一种形态。

花儿没有辜负我的期望。原先还担心硬生生地将它从水里移栽到土中，会影响它的生长。而事实证明我的担心是多余的。移入花盆之后，肥沃的土壤给了它更强劲的成长动力，给了它生命所急需的充足养分，它长得更加欢实了。花儿红叶儿壮，不几日，从根部又长出一枝幼芽，与主干一起，一天天地粗壮、翠绿起来。这是水和土的一次完美交接，给了花儿更加旺盛的生命力！

我更欣然而舒畅了。

平淡的日子里能有一抹色彩相伴，会给人带来慰藉和安抚，这个说法我相信很多人都会赞同。也许这就是人们为什么总爱在家居或办公室里置放一些花卉或绿植的原因吧。而科学常识告诉我们，植物都会通过光合作用，在调节环境色彩的同时，将大气中的二氧化碳和水转化为有机物，释放出供生物生长所需的氧气。放眼大自然，壮阔巍峨的绿水青山吐故纳新，生生不息地净化、美化着我们赖以生存的环境。工作生活中，能有灵秀俏巧的青枝绿叶、红花翠苗相伴我们左右，也同样可以净化环境，纾解愉悦我们的身心。

然而，养花栽苗也不是一件容易的事。很多人都会有这样的体验：在花卉市场看好的一盆盆鲜艳欲滴的花卉，买回家去，不几天就会蔫掉。有人说是土壤的原因，市场原配的花盆只有浅浅的一层土，短时间可以让花卉茂盛地展露笑颜，却无法给它提供长久的养分。懂得这一点的人把中意的花卉买回去之后，总会重新为之培土或换盆，细心地打理一番，才能换来它持久的旺盛和鲜艳。而不谙此道的人，往往就会兴冲冲地抱回去，扫兴地扔出来，原本是想让日子增加点色彩，结果却弄得堵心伤情。

由此看来，细心、耐心、恒心、专心，是给日子上色必不可缺少的。

我在为这一枝一盆的花草儿操心，满大街却早已流行起了“多肉植物”盆栽的时尚，身边的朋友、同事中诞生出一大批“多肉控”。这些多肉植物比起花卉之类的植物，身价低，好养活，“给点阳光就灿烂”，而装饰点缀、净化环境的功能丝毫不差，还都有着诗一般动听的名字和若梦若幻的形象。那长得胖嘟嘟的“若歌诗”，叶子交错排列，每一片叶子上覆盖一层细细的绒毛，煞是惹人喜欢。而身材娇小的“静夜”，叶瓣紧密地抱合在一起，紧凑又美丽，饱吸了充足的日照之后，叶尖会变成红色，越发得精致可爱。更多的仙人掌科的“多肉小品”则不像其他多肉一样的光滑圆滚滚，茎叶上大多生着毛刺。花开在白天，艳丽耀眼；花开在夜间，洁白飘香。至于“玉莲”“白凤”“若绿”“吉娃莲”“醉美人”“星美人”等，都是光听名字都会让人心甘情愿衷心伺候的色彩

“大魔头”了。

更有人别出心裁，买来易栽易活的蔬菜种子，利用屋顶、墙脚，或是阳台、窗台，以土、以水为媒，用盆盆罐罐搞起了家庭种植。豆芽、辣椒，茄子、黄瓜，西红柿、西葫芦，赤黄青绿，勃勃生机。量虽不大，关键时刻却能发挥意想不到的作用。前几日就有一位朋友晒出了他在窗台上种的黄瓜，还附言：因疫情影响无法出门买菜，这几根黄瓜便成了应急的佳肴！无奈之余也透出了几分得意和满足，压抑的情绪也在这得意和满足中得到一丝释放，难熬的日子便因这青翠红绿的色彩而显出了一份明亮。

巧的是日前一位对花卉园艺颇有研究的朋友来访，一眼就认出了那盆花叫“长寿花”，还借题发挥，罗列了此花的种种美誉。我听着自是如沐春风，得意且骄傲，更在心里默默地祈愿这盆花儿能像它的名字那样，持久地开放着，成为平淡的岁月中我们不离不弃的亲密伙伴。

闲暇时，做一回“工匠”

前些日子，一位大学时的同学在微信朋友圈里发了几张图片，博得大家一片点赞。他发的可不是那些在朋友圈转来转去的心灵鸡汤、奇闻逸事、励志养生之类的东西，他发的这组图片主角是一组造型精致、小巧玲珑的工具。具体一点说，是一套过去人们用来修补瓷器的家伙什儿，有钻、锤、锯、镊、钳等，加在一起，有七八样之多。这位同学是个“摄影达人”，他用娴熟的摄影技巧把这一套小玩意儿拍得有光有影，棕色的钻把、银白的镊钳，连包装盒木质的纹理都纤毫毕现，很有质感。在图片的下面，他还写了一段文字：“欲大国崛起，必先弘扬工匠精神。工匠72行，修碗补缸第一。振兴中华，从我做起。”

朋友们的点赞，其实不是在夸他这几张照片拍得“很艺术”，当然也不是恭维他写在照片边上的这几句正能量十足的话，而是赞赏他那种忙里偷闲，有心要做一回“工匠”的生活态度。无独有偶，在我的家乡，有几个中学时代的同学在业余时间里干起了 “石匠”的营生，他们利用家乡青弋江河滩上随处可见的、千姿百态的鹅卵石，打制栽花、种草、养鱼的盆盆钵钵。为此，他们备齐了电钻、钢锯、钳、锤等一干工具，并在自己有限的居家空间里，收拾出一爿“车间”“作坊”，业余时间不再无聊地消磨时光，而是将“作坊”当作了快乐的课堂。这些老同学不约而同地选择了在闲暇里做一回“工匠”，用劳动给平淡的日子增添了一抹亮色。

当下，几乎每一个人都感叹：生活节奏太快，工作压力太大，尤其是职场中人，更是每天忙得脚打后脑勺。北上广等一线城市如此，就连我家乡那样的江南小镇，似乎也没有了往日那种舒缓、闲适的生活情调。时光匆匆，步履匆匆，人像上足了发条的机器一样停不下来。 多重压力之下，“慢生活”“慢节奏”成为大多数人的奢求，总盼望着能闲下来，随心所欲地做点儿自己想做的事，尽情地享受生活；可一旦有了闲暇的时间，“干什么”又成了新的问题。在县城，周末两天，不少人是和朋友聚在一起喝喝酒、打打牌，或者一个人在家上上网，在微信里和朋友们聊聊天；在城市，大多数人也不过是带着老人逛逛公园，陪着孩子走东城奔西城，上“奥数”、学特长，或者是“妇唱夫随”逛逛商场——而当网购成时尚之后，连逛商场也懒得去了，索性就在家里“宅”上两天，“宅”得仍旧是一身疲惫。久而久之，日子便陷入了这样一种尴尬：忙的时候期望闲下来，真的闲下来了，又感到无所事事，忙得心乱，闲得心慌。

而这几个老同学却在做一回“工匠”的体验中找到了让闲暇的时光变得充实而有趣的窍门。那位大学同学知难而上，瞄准72行之首的“修碗补缸”专业，辗转找来一本中国台湾出版的《锔瓷金缮图文教程》，从基本理论、基础技法学起，边学习，边实践，连续几个周末，钻孔卯钉，试着把家中几乎所有残次的“文物级”瓷盘、瓷碗、花瓶、紫砂杯都打上了补丁！尽管技艺还略显稚嫩、粗糙，却也是妙手回春，延续了这些残次“文物”的生命。虽然他也知道，没有十年功夫难成真正的“工匠”，也没想着要把这门手艺当作余生的主业，但朋友们还是鼓励他能尽早练成一名锔瓷金缮“大师”。那几位中学同学，则是一有空闲便相约着去青弋江畔翻捡石头，有时一整天都耗在河滩上，偶尔寻得一块满意的，便欣喜得像中了大奖一般。回到家，摆开架式，一通钻、挖、磨、凿，原先不起眼的笨拙石头，在他们手下变成了有型有款的花盆鱼钵，在盆里栽上一株铜钱草、几穗野菊花；在钵里灌上水，放进几尾小金鱼，冷冰冰的石头便泛起了生活的暖意，洋溢出艺术的风姿。赞赏之余，同学们纷纷建议扩大规模，把这件事当成产业来做，兴许还是一门生财之道哩。

一个补碗，几个造盆，他们都在传统工艺的学习体验中找到了快乐，也在向着“工匠”级别迈进的努力中重拾了少年时代的记忆；更重要的，他们以做一回“工匠”的行动，继承了优秀的传统文化，让劳动创造的旋律在平淡的日子里激起一阵幸福的涟漪，也引起我们深深的共鸣甚至是羡慕。

闲暇时，做一回“工匠”，是这一代人在圆童年温暖的梦想。

在我们这一代人对于劳动的记忆库存里，占据首要位置的少有壮观的大机器生产场景，更多的是一些质朴甚至原始的手工制作画面。想当年，社会上最受尊敬、最令人羡慕的，除了拎着人造革公文包、穿着四个兜中山装的国家公职人员，就是有一技之长、心灵手巧的砖（泥瓦）匠、木匠、铁匠、石匠、竹（篾）匠等五行八作的“工匠”。一句“荒年饿不死手艺人”便是社会对他们最崇高、最由衷的褒奖。他们能平地里盖一座让你遮风避雨的温暖的家、能把一堆粗糙甚至丑陋的木料变成精致的家具；炉火熊熊，红光耀眼，锻打淬洗，一把把刀剪锹铣在铁匠师傅手下闪亮登场，在人们眼里，他们简直就是化腐朽为神奇的艺术家，是点石成金的魔法师。或许正是这种对“工匠”尊重有加的社会风气的熏染，那个时代的中小学生也勤于动手，把手工制作当作了妙趣横生的享受，更有不少人把成为“能工巧匠”作为人生的目标。一根皮筋、几截铁丝，可做成手枪、弹弓；一截木头，可削成大刀、长矛，谁要是连这点功夫都没有，就会让小伙伴们瞧不起，干脆就算是个笨蛋货色！更有心灵手巧的兄弟姐妹们，从工匠师傅们那儿偷师学艺、照猫画虎，爬上山去砍来竹子、跑到河边折来柳条，一番剖、削、剪之后，编织成方的、圆的各种小筐、小篮，自家用、送亲戚朋友，再有多余的，还可拿到集市上，换回块儿八毛的零花钱。这些不起眼的匠人之作，既培养了这一代人的劳动观念，又能带来经济的回报，可算是物质、精神的双重丰收了。这无疑比当今的几碗“心灵鸡汤”、几套“成功秘诀”更加励志育人。

虽然因为种种原因，这些人最终没有几个能成为专业的匠人，那以后的日子里，似乎也没有机会用上那些技艺。但对“工匠”的那份崇敬、对传统“手艺”的那份热爱，却是扎根在这一代人心中的一个情结、一个梦想。多年以后的今天，在工作、生活忙碌之余，体验一回“工匠”的甘苦，正可以缅怀和重温那段曾经的岁月，成就和实现那些童趣的梦想。

闲暇时，做一回“工匠”，是在向优秀的传统文化致敬。

岁月的潮水一浪高过一浪，无情地淘汰了很多曾经的生活方式、生产形态，风行数百年的“工匠 72 行”中也有很多的技艺失去了传承，逐渐成为文化的“化石”，但其中也有不少经受住了各种考验，穿越历史的层层帷幕，到今天仍然保持着鲜活的生命力。无论是栉风沐雨的“化石”，抑或仍然闪烁着生命之光的“手艺”，都是民族传统文化的优秀因子，是前人留给我们的珍贵的文化遗产。多少年来，一代又一代的“手艺人”默默地付出着，以他们的勤劳满足了人们生活的需求，丰富着民族文化的宝库，他们正是我们所敬仰的“工匠”。从某种意义上说，一个民族的传统文化，有很多就由这些“工匠”们所传承、发扬，他们具有的这些娴熟的技艺，虽然看似简单、原始，却无一不蕴含着生活的哲理和生命的意义，是推动社会进步的必不可少的生产力。当然，随着时代的发展，科技的进步，这些产生于特定时期的生产力也在发生着变化，当一些古老的技艺满足不了社会的需求时，就会有新的、加进了时代最新科技成果的技术予以替代，72 行的工匠们也陆续开始了转型，习惯了用现代机器换下手中的刀、斧、凿、刨，钢筋水泥的预制构件也让砖木结构的建筑模式成为稀有，编筐编篓、修碗补缸的这些手艺，更是逐渐消失在大家的视线里。

但作为传统文化的重要内容，这些饱含了民族智慧、人们灵性的技艺显然没有理由就此被人遗忘。唯有尊重、传承，才能不愧对先人。此时此刻，做一回“工匠”，不仅是当今的人们对传统文化的致敬，而且更是为这文化的传承付出的实际行动。

闲暇时，做一回“工匠”，让创造的旋律伴着日子流淌。

现代科技的发达，极大地满足了人们的多种需求，从生产到生活，新的技术、产品不仅种类繁多、花样百出，而且越来越智能化、高端化，但同时也不可避免地落入了模式化、同一化。机械化的生产过程，也使得一些产品缺少了生气和灵气、情调和格调，像是一个不苟言笑的佣人在服务着我们。五颜六色的塑料袋替代了造型各异的竹篮、竹篓，也给环境带来了污染；摔不碎的塑料杯价格低廉受人追捧，却销蚀了春茶的芳香。日新月异的科技变革之下，“没有不方便，只有更方便”，在把人类从繁重的劳动中解放出来的同时，也让人类变得更加“懒惰”——虽然这是一种值得炫耀的懒惰，日常生活进入了电器控制时代，人们不需要把时间花费在修修补补之中，也似乎不屑于去做这些修修补补的琐事。一方面智商高得可以上九天揽月、可以下五洋捉鳖，可另一方面，对于日常生活中的看似细小的事，却往往显得低能，高大上的光鲜外表下，其实是空虚无能，电器坏了有专人修理，下水道堵了有专人疏通，一切都是坐享其成。方便之下，也时有尴尬：一旦物业放假，面对家中的跑冒滴漏，有人就会一筹莫展；一旦民工返乡，都市就会垃圾围城。这种把一切都寄托在别人的帮助上的“新生活”，渐渐使人们丧失了劳动创造的兴趣，更可怕的是，也会使人慢慢地丧失掉劳动的能力。

纵使有一千条理由赞美科技的进步，也不应该有一种借口贬低手工劳动的价值。也许学会这些匠人之作并不能让生活发生多么大的变化，也可能不会给我们增添更多的财富，但尝试着动一动手，让闲暇时光有所寄托，也可算是对平淡生活的一种调剂。更何况，这样的“工匠”体验，有时还能够激发生活的情趣、陶冶自己的情操，让自己永葆勤劳的本质，多一项生活的技能，带来精神的满足、日子的充实，何乐而不为呢？

闲暇时，做一回“工匠”真好！

“共享经济”那些事儿

“共享经济”是当下的一个热门话题。尽管“共享经济”涉及社会生活的诸多方面，但最直观、老百姓参与度最高的还要算是“共享单车”这个“共享”模式了。

在汽车早已司空见惯的当下，不可否认，自行车仍然是老百姓最为普及、最为便捷的交通工具。而说起自行车，我相信每个家庭都有一段故事，点滴往事折射的都是一个时期的社会风气、生活质量。计划经济年代，自行车是中国家庭“三转一响”四大宝贝之一，其地位不亚于今天的小汽车。那时买一辆自行车则需要托关系、找票证，颇费一番心思。很多人费尽周折地买了辆“永久”，岂料没几天就成了“凤凰”——“飞”得无影无踪，兴奋便转为沮丧。后来，不用票证了，自行车买起来方便了，可丢失得也似乎更快了，一段时间里，自行车被盗，简直到了防不胜防的地步！以至于很多人不再敢买了。

不买自行车就没有被偷盗的担忧，但同时，也带来了出行的不方便。在城市里虽然有公交、出租车可乘，也有不少人买了汽车，但这方便中又有很多难言之隐。尤其是这几年来，一方面汽车越来越多，居民小区、城市公共区域，停车难问题变得越来越严重，“开得潇洒、停得费劲”常常让有车一族焦急加尴尬；另一方面，北京等几个大城市实行摇号购车或拍号购车政策，欲购车而不能、出行多有不便的苦恼又不断折磨着很多家庭。当然，还有一个重要的背景就是人们的环保意识越来越强，在汽车尾气成为城市环境杀手的今天，“绿色出行”“低碳环保”便成为社会的共同向往，科技、人文、生态的出行方式成为全社会的一致追求。此时此刻，“共享单车”的应运而生、横空出世可以说缓解了这一痛苦，破解了困扰人们的很多难题。即用即取，省去了看管、护理的麻烦，更少了被盗、丢失的风险，这小小单车带来的便利确实也算得上是老百姓的时代获得感了。

说起来，第一批“共享单车”要算是几年前市政部门推出的“公共自行车”，它需要人们在公交卡上绑附身份信息并存入两百元钱才能够使用，按骑行公里数收费。这一新生事物甫一出现，便以其即取即用、不必考虑被盗丢失而受到百姓欢迎。但它在缓解人们用车难的同时，又带来了新的难题：车辆被锁在固定的停车桩上，且这种桩点较少且分散，布局很不合理，当你打开一辆公共自行车，骑到目的地后，却很可能找不到停车点，你骑的车没法还，便成为累赘，我的一次经历就充分说明了这一点。

那是在有一年的国庆假期。上中学的女儿和同学约好，要骑车进行一次社会实践活动，路线是从位于木樨地的首都博物馆出发，去位于白石桥的国家图书馆，再由那儿去东便门附近的明城墙遗址公园，而后再到南锣鼓巷。尽管孩子不愿让我跟随，但考虑到这是她首次骑车穿街过巷，我还是决定随她们而行。她骑上家里的一辆自行车，我则在小区附近刷卡取了一辆公共自行车，和他们一起上路了。

刚开始，很久不骑车的我还挺有劲儿的，在他们身后保持二三十米的距离。到达国图时，天开始下起了小雨，我想把车还掉，去图书馆里避雨，可这时才发现车上没有锁，环顾四周，也没发现有专用停车桩，只好推着车躲到一处过街天桥下歇息。而孩子们则锁好车，去图书馆里忙活她们的任务去了。半小时后，她们完成作业又开始往东便门骑行。

我想换乘公交前往，但一车在手，却无处安放，无奈之下只好硬着头皮骑上车去追随她们，心里盘算着在遇到还车点后将车还了再去乘公交车。也许是我骑行的路线有问题，尽管我一路上都在寻找，可是从中关村大街、西外大街、二环辅路一直骑到复兴门，如此漫长的路途中却始终没发现还车点。想起来在新文化街的西口曾经见过一个，便咬着牙骑到那儿还了车，再步行走到长椿街，才坐上公交车到了东便门。在坐上公交车的那一刻，真是如释重负。

骑得容易放下难，这一次的经历让我对“公共自行车”的“方便”产生了怀疑，并心生抱怨：为什么不能多设置几处自行车的取还点呢？这种没能解决“最后一公里”的状况让使用者进退两难，平添烦恼，渐渐地便敬而远之了。我所工作的小区里，曾有过一个公共自行车站点，记得刚建成时，光鲜亮丽，引人注目。可前两天再去寻找，却早已被拆得无影无踪了。个中缘由，想必也是用起来不方便，不遭人待见。

转眼不到一年时间，“公共”就变成了“共享”。那种定点取还的公共自行车被突如其来的随骑随停、方便快捷、智能锁控的“共享单车”模式打了个措手不及。一时间，橙色的摩拜、黄色的OFO、蓝色的、绿色的，多款式、多色彩的自行车在城市里穿梭，构成一道靓丽的风景，既环保又能运动健身，人们骑车出行的热情似乎从来没像今天这样高涨。经不住这方便的诱惑，我也在手机上下载了一个摩拜的程序，加入“共享”的行列，亲身体验“共享”的科技、时尚与智能，乘地铁、骑摩拜，成为每天出行的主要方式。往大里说，这是在为社会的绿色环保做贡献，往小里说也是让自己的生活变得更加方便，关键时刻，还能应急救场。

有例为证。某年 7 月中旬的一天，女儿就读的中学组织学生集体去天安门广场观看升国旗仪式。这是北京中小学多年来开展爱国主义教育的一堂特殊课程，也是孩子们最喜爱的活动之一。因为升旗时间都是在每天清晨太阳刚刚爬出地平线的那一刻，在 7 月份，太阳出来得早，升旗也就大体是在每天清晨的 5 点多钟。所以，学校通知他们要在当天凌晨两点半到学校集合，然后，乘坐大巴统一前往进入指定区域等待那一个激动人心的时刻。

这个时间段，公交车、地铁自然都没有开始运行，为保证不迟到，我和孩子约定，凌晨一点半起床，打辆出租车前往学校。

这天，我按时叫醒了孩子。其实，她激动带紧张，基本上是一夜未眠。一点三刻，我们走到了小区外的大街上。此时，路灯昏黄，行人稀少，连一向工作很早的环卫工人都还没上岗开工。整个城市一片安宁，马路上要间隔两三分钟才有一辆车呼啸而过。本以为此刻出门的人不多，出租车比较容易叫到，谁知人少车也少，在路旁站了近十分钟，竟没有拦到一辆车！偶尔有一二辆晃着“空车”指示灯的车从面前驶过，伸手拦下，却被告知“已预约”，让我们父女俩无可奈何！

时间在一分一秒地过去！离学校确定的发车时间只剩下不到半小

时！再把希望寄托在出租车身上显然已是误事之举了。我们当即决定：骑共享单车去学校！孩子很快就近扫描打开了一辆小黄车，我却四处找不见手机里下载了程序的摩拜。一番折腾，时间已逼近两点！孩子开始焦急起来。我一边宽慰她，一边让她骑上车在前面走，我跟在后面跑，相信要不了多远就会有摩拜的。跟着她跑出百米左右时，真的看见路边停有一辆摩拜，我大喜过望，立即用手机扫描车身的二维码。然而，沮丧的是，这竟是一辆故障车！我只好让孩子继续往前骑行，我再次迈开大步跑起来。天无绝人之路！在又一次跑出百米之后，我幸运地在一座大厦前发现了一辆摩拜，而且成功地将它打开！跨上车，一溜烟地追赶上了孩子。

一路上，我和孩子并肩骑行相互鼓励，穿过了一个又一个路口，紧赶慢赶，终于在离既定时间前三分钟赶到了学校。看一下手机上的行程记录，这段路骑行五公里，耗时十八分钟。

看见孩子急匆匆走进校园，我长舒了一口气。在路边把摩拜停好后，才感到双腿发软，浑身是汗！这一趟“急行军”对于我这个平时不常运动的人来说，确实是一次考验。但欣慰的是孩子没有因交通问题而影响参加活动。

这不正体现出“共享经济”的价值吗？试想，如果没有这些共享单车，出租车又打不到，即使我们父女俩甩开双腿奔跑，也不可能按时赶到学校，而对于自尊心和集体荣誉感都很强的孩子来说，如果参加不了这次集体活动，缺了广场看升国旗这一课，肯定会留下难以弥补的遗憾。当然，我也得反思，为什么不能像其他人那样，早早地预约好一辆出租车呢？在我们焦急地等车之时，从我们身边急驰而过的那几辆出租车，不都是被别人约下的吗？看来，对于“共享经济”的运用，我还不是太熟悉。因此，累了孩子，也苦了自己。所幸的是，还有摩拜，还有小黄车。

目送大巴车缓缓驶向天安门广场，我特意再次骑上了一辆摩拜踏上回家的路。此时，路灯辉映下的长安街，还没有车水马龙的繁忙，显得更加宽广、宁静。我的身边偶尔有一两个同样骑着共享单车的早行客经过，似乎在和我一起缓缓揭开都市一天的帷幕，这番轻松、悠然让人平添了几分对生活和对这座城市的热爱。

如今，越来越多的人骑上了共享单车，曾经风光一时的“公共自行车”几乎成明日黄花，少有人问津。都是自行车，要我看，“共享”打败“公共”，靠的不是“功能”而是“智能”。骑着“共享”，穿行都市，丽日蓝天，尽收眼底，有人不时停车驻足，用手机拍摄沿途的风景，不知不觉中，秀美图、发微信、骑共享单车竟成为都市的生活时尚！其实，蓝天白云日渐增多、空气质量趋于好转，也正和人们更多地选择共享的绿色出行模式大有关系。说这是共享经济给人们带来的“红利”，我想也不为过吧。

就在共享单车成燎原之势时，新能源“共享汽车”又扑面而来了。相信，不远的一天，我们会像用“共享单车”一样，方便地随手打开一辆“共享汽车”，踏上上班或回家的路，愉快地奏响新的生活乐章。

置身在共享经济的时代，人们是幸运的。

戒烟进行曲

著名漫画家华君武曾画过多幅关于“戒烟”的漫画，其中最有名的当数四联漫画《决心》。画面表现的是一位先生“决心戒烟——扔掉烟嘴——狂奔下楼——捧接烟嘴”这一所谓的戒烟行动，此画生动揭示了一个在烟民中流传的铁律：一个人一旦抽上了香烟，尤其是抽了几年或数年之后，要想戒，几乎不可能。更有人揶揄“戒烟最容易，本人就戒了五六次”；但戒烟又最难，“难”在真戒、实戒。有多少烟民信誓旦旦地要戒掉这一“恶习”，可最终却是屡戒屡抽，鲜有戒得持久者。据一般性统计，戒烟的成功率短的一两天，稍长的也不过数月甚至一年，大多数烟民最终还是自废武功、缴械投降，和这个冤家重续旧缘，并且是变本加厉，越抽越多。

曾有位朋友，有十多年烟史，其间家人劝阻、朋友施压，逼其戒烟，可此类良言对他只如耳旁风，从左耳进，瞬间就从右耳出了，依旧我行我素，烟不离身，自得其乐。岂料天有不测风云，在几年前的一次体检中，医院的 X 光照出其肺部有阴影，医生严肃地嘱其不得吸烟，待三日后再行复查。

“烟草诚然香，生命价更高。”这一突发情况让此君着实受到惊吓，又不好意思告诉家人，怕火上浇油、授人以柄，被骂“早知如此，何必当初”！但还是悄不声张地把烟停了。几天里，烟瘾时常来犯，很想叼上一根尽情享受，但对疾病的恐惧又使他不敢顶风作案，哪怕被瘾虫惹得是抓耳挠腮，坐立不定，也只能强忍着。家人和朋友只以为他这番异常是因工作受挫，心情不畅，便不敢和他多提有关话题以免刺激，暂且视之任之。

强忍、担忧三天之后，再次去照透视，却被告知一切正常，此前的阴影和病变无关，于身体无大碍！此君一时如获大赦，从医院回到单位，关上门一口气连抽了三根香烟，心里还咒道：虚惊一场！几日没抽，大有要讨回欠账、报复仇家之势。由此一抽到底，直到今天也未见其再戒。不过，庆幸的是身体也未见异常。他笑言：自己五毒不侵，对烟之害已有免疫力。

还有位仁兄，烟龄过了二十年，随着岁数渐长，身体也偶有不适。夫人便趁机劝其戒烟，并说：如果实在是手里没有着落、嘴里没有玩意品咂，哪怕嚼个糖果也还好于抽烟。并倾注爱心、细心，为其选购了各色口味的糖果，把烟没收了，把糖装进他的口袋。于是乎，有一阵子他习惯性伸手去口袋摸烟，摸到的却是饱含着夫人浓浓爱心的糖果，这才想起夫人指令，便轻叹一口寡淡的气，慢悠悠剥去糖纸，往嘴里丢进一颗，品咂起来。带着亲人关怀和浓郁果香的甜蜜滋味慢慢溢满口腔，一时间似乎也找到了多年不曾有的感觉，暗自笑道：看来夫人的药方还是有用的。就这样一天天过去，不知不觉地维持了数日。

然而，多年对烟草的亲密使他养成了一种独特的口腔味觉系统，糖果嚼了几天，就又开始思念那跟随了自己多年的烟草的苦香。加上身边几个老烟民朋友的嘲讽加勾引，终于，在一个聚餐的间歇，不知不觉之中、有意无意之间、半推半就之后，一支熟悉的软中华叼在了他的嘴角，饱吸一口，含在口腔，转一圈，慢慢渗进喉咙，再恋恋不舍般悠悠地呼出一缕残烟，他似乎又找到了离别多年的亲友。由此造成的尴尬是：烟没有戒掉，又多了个吃糖果的嗜好。夫人只得苦笑，叹曰“是赔了夫人又折兵”，今后管了烟钱还得管糖果钱！

身边有同事，当然也包括本人在内，这些年来，戒烟的决心下过不少于三次。但反反复复，多不能持久。哥们见面免不了将“戒烟”行为当作笑话编排。形容啥人啥事不靠谱，便以此为例，斥为“简直是和谁谁戒烟一样”。于是，彼此之间不再提戒烟之事。只是当作自我安慰，也是为安慰家人、答谢朋友关心，不少人将多年抽习惯了的常规型号的香烟换成了这几年流行的细支产品，美其名曰：减少尼古丁的危害。

于是乎，“戒烟”就成了考验一个人的意志、毅力，检验一个人的恒心、决心的标尺。多少意气风发、指点江山、潇洒豪横之士也纷纷被这一标尺当头一击败下阵来，恨不能从词典里删去“戒烟”二字。但不可否认，尽管不多见，人群中还真有具备大毅力、大恒心之士。当年的某同事读书期间便是烟不离手，日超一盒，直抽得牙黑脸黄，浑身都是烟味。不仅自甘烟熏火燎，还带起一干低龄同学同事学会了吞云吐雾，加入了烟民的队伍。而就是这位烟坛前辈，几年前一次聚会时，居然说是把烟戒了，而且是干净、彻底、完完全全。听他说这“天方夜谭”，再细端详其面容，确可见出他真像换了副皮囊，脸色红润得比实际年龄年轻了至少三岁，还把牙也洗得如玉般乳白放光，令大家伙儿大跌眼镜，纷纷探问有啥秘方。此君轻松一笑：“没啥秘方，不抽就不抽了呗。”同学便围攻：“想当年可是你带坏了我等，如今你倒改邪归正了，置我们于何地？”纷纷找他讨要身体附加精神损失费。他当然死不认账，我们也自然是无功而返了。而真正让此君戒了烟的原因，至今仍是个谜。

也有见贤思齐者。在这位仁兄的一干徒弟中，某君说要坐二把交椅，别人都不敢说坐第一。可就是这位“高徒”，两年前也悄没声息地告别了香烟，并且一直坚持了下来。换来的是身体发福，曾经一个仙风道骨、白衣秀士般的美男子，如今脸圆了、肚子挺起来了，于是就有人笑他：对不起陪伴多年的香烟兄弟，也对不起将他视为梦中情人、白马王子的当年女同窗。他只无言地露出一丝神秘的笑容，不同大家伙儿争辩理论。被缠得烦了，只说一句：各人的身体各人照顾。您瞧，气人不？

兜兜转转，说回到S先生。在经历过几次似假非真的戒烟后，一年前，他也毅然决然地对烟说了句：不！

说起来，这其中也含有S先生对人生的一份思考、对自我的一份警醒吧。都说人生要善于做“减法”，尤其是在步入中老年之后，身体的硬件系统经过多年的磨砺，多少有了些损耗，精力、体力也开始走下坡路。不卸载、不减轻一些身心俱有的负担，生命的步履会越发艰难。在他看来，这负担包括多年形成的嗜好、习惯、脾气、做派等。但是，先减哪样呢？近几年S先生一直在想这个问题。

一个偶然又必然的理由不期而至了。去年，他的生日居然和出生那年的日期重叠一致。他将此带有某种规律性的“巧合”看作一个必须做一些有意义的事情的最好理由、天赐机缘。于是，在吃过生日蛋糕的第二天，毅然决然地把——烟——戒——了！而且，确实如那位曾带出了一二烟民徒弟、自己却在中年后戒了烟的烟坛前辈说的一样：戒了就戒了，不去想它，也没想它，就这样坚持着、坚定着。

这使S先生猛然醒悟：所谓毅力，只不过是你是否真心意识到做一件事对自己而言是利大还是害多，或者说是让你快乐还是苦闷。这就要因人而异了。有人戒烟后会带来各种烦恼，甚至变得脾气暴躁，那么，就不要强迫自己去走这条路，非不得已，不宜采取“断崖式”戒烟。毕竟，抽烟不会直接导致生命的迅速变异或终结，但它又会一点一点地侵害你的肌体，所以，还是需要自我控制进而最终实现彻底戒除。而如果你能够在戒烟中得到愉快，那就该当机立断，把烟扔掉！

S先生戒烟后，体重明显增加——不是发福超标，而是向标准迈进。要知道，此君身高近一米八，可在和烟草相伴的那些年里，肠胃消化吸收功能弱势运转，体重总在60公斤左右徘徊。按科学界定，此等身高的男人正常体重当在70公斤左右，他显然在及格线以下，以至于熟人朋友友善地开玩笑说他没有良心，把美味都吃在肚子里，一点不在外表显露，装作受苦人一样。

而这一年多来，戒烟的直观效果是让S先生逐步脱离了消瘦苦难的形象，体重向着正常指标挺进，开始成为一个“有良心、有分量”的跋涉者，神清气爽地朝着人生的又一个驿站自信地前行。内心不禁有几分得意。尤其是在他叙述戒烟的感想和收获而受到夸赞时，那份自得更是溢于言表。唯一的负面影响就是早几年买的裤子腰围变得全都不合适了，只好为拉动内需而破费了。这个“破费”比起原先那种既要花费“银子”，又要搭进健康的“破费”相比，则是一种幸福的“支出”。

一年将尽，新的一年在向我们招手。在艰难地熬过了这一个极为特殊的年头之后，所有人都会有所感悟、有所思考。新冠疫情改变了很多很多，也希望在这样一个别具意义的新旧交替之时，烟民朋友们能够坚定一把信心，焕发一次意志，树立一回毅力，戒烟、戒烟，纯净自己，也纯净身处的这个世界。

何况，留给烟民们肆意吞云吐雾的空间已越来越狭小了呢？

书香酒醇人自醉

秋分一过，天气明显凉了下来。触目之处，银杏、梧桐的枝头不知不觉地染上了稀微的枯黄，且每天都在蔓延，再有几阵西风冷雨之后，就会是满地落叶了。接踵而来的7天长假，又恰逢连日阴雨，此番情景，正适合宅在家中品品香茶，翻翻闲书，望望窗外的风雨，不时生出一分又是一度秋风劲的感慨。

不经意间，我随手从书架上抽出了一本《曾国藩家书》，翻开来，扉页上一枚邮票般大小的印章把我的思绪牵回到了二十年前的海口。这套书竟是当年在海口的一家小酒馆所得，睹物生情，那一幕场景与感触瞬间在心头清晰起来。

那年我在深秋时节到了海口，办完公事，想滞留几日观光访友，却遇上一场连天不停歇的小雨。如丝的雨水从天慢悠悠、明晃晃地洒落下来，像无数只小手撩你的面、你的头，使你在不耐烦中又产生一种无以言状的惬意和寒意。友人说这个时候的海口难得见缠绵的雨，可巧给我赶上了，必定会有不虞之遇。我则随水推舟地表示，若能在此天景中寻一净雅之所把盏小酌，当会别有一番情趣吧？

友人也是性情中人，对此建议自是十分赞同，欣欣然、陶陶然地说领我去做一番体验。

顶着蒙蒙雨丝，友人引领我来到国贸新村一条并不太宽，亦少有高楼大厦的街上，遥指远处隐约可见的“湘乡酒家”匾额说，那个小馆很有特点，不妨就去那儿。客随主便，加之我来海口次数亦有限，仅勉强可辨东西南北，至于哪儿酒香、何处室雅，自是心中无数，只得由他指引。三步并作两步到了那只牌匾跟前。仔细一打量：这酒家确实是爿小店，举目室内，宽幅不过十多米的空间里有序地摆放着几张小桌，门楣上“湘乡酒家”牌匾的两侧又挂了两块白底蓝边黑字的木牌，分别写有“以善养人”“以德服人”的字样。门两旁镶嵌着一副木质行书体对联，写的是：“湘乡湘情湘酒湘音　四座宾朋其乐融融”。对联虽显得随意而欠工整，但能看出店家似乎是在向人们表白：这里是正宗的湘菜且与曾文正公有关联。友人告诉我，小馆的老板真的就是曾国藩之后人，在这里开店已有几年，店虽不大，却特色鲜明，名闻遐迩，不仅有地道的湘菜，更重要的是还会向稀客贵宾赠送一套《曾国藩家书》。我听了不禁欣然。

走进店内，一位身着湘西民族服装，貌似沈从文先生笔下湘女翠翠模样的服务员迎面而来。湘音浓郁的普通话，软中带细，听来如同屋外的雨丝，柔而动人。引我们至一靠窗的小桌旁坐下，便布盏沏茶。友人小声问她今日是否有书可送，湘女听出这是位常客，略一迟疑，应道：“我去看看还有么。”竟先不忙叫点菜，款款地去了柜台里间。就在我们担心会不会被告知“书已送完”时，湘女又轻盈地走了出来，手里捧着两册小书：“巧了，还真剩下一套，给哪位呢？”友人推让，我也不客气，双手接了过来。发现这真是一套精致素雅的好书，分设上下两册，少见的窄幅 48 开，显得有些特别，但十分适合捧于手中阅读，装帧虽简单却透着书卷气。再看版权页，方知是早几年由海南出版社出版、钟叔河主编的“人人袖珍文库”中的一套。封面书名之下有醒目的“原刻足本”四个字，可视为编者“此书乃是眼下曾氏家书中最全面、最权威的一套”的表白文字。随手翻了几页，感觉确有几篇是过去在其他节选版本里不曾见过的。仅此一书，便让我有不虚此行、未饮先醉之感了，油然而向友人伸了伸大拇指。

正待细翻此书，友人又略作神秘状，悄声说道："这店里还有一绝，是店老板自己浸泡的滋补药酒，在这样阴凉的天气里喝上几盅，保你有别样的感觉。"对海南这地方讲究滋补、重视养生我虽早有耳闻，却想不出在这样的一个不起眼的小店里会有啥样高深的名堂。友人既这么说，天气又确实让人有驱寒除湿的需要，能小酌上一两口，也未尝不可。况且，我在某种程度上，也属于"闻香不动步"之徒，便应了这倡议。

不一会儿，酒端来了，端端地有一番特别之处。一只通常用来品茗的紫砂壶、三只圆形小盅，置于一只托盘内，将壶中酒倒入小盅，却见有酽茶似的酱色，心想，这不会是把小酌佳酿"包装"成了慢品工夫茶茶吧？友人笑眯眯地示意我"走一个"。我将信将疑地端起了小盅。一盅进口，舌上有了丝丝甜意，滚进喉中，又有些微微的辣，再一品，似乎又溢出酒香。便问道："此酒是何物所泡？"小湘女职业性地莞尔一笑："这是我们老板祖传的高酿，具体不知晓。"友人也乐了："何必细问？只要滋补养身便好。"说话间又是一盅。醉意未至，进门时的一身湿气却已驱散殆尽。再举箸搛菜，更是鲜而微辣让你无法停手。举杯推盏之间，竟干完了四壶"秘酒"。

又忍不住翻过一二页书，见得曾文正公的一段话："求业之精，别无他法，曰专而已矣，谚曰：'艺多不养身，谓不专也。'吾掘井多而无录可饮，不专之咎也。”便想，这湘人店家真是聪明，能让客人入湘乡尝湘味间而共享书香、酒香，让你有此行不虚之感慨，亦可谓业到了精与专的程度。

是夜，我谢绝了观光、抒情的各种邀请，只身一人端坐于客栈桌前，一杯清茶作伴，将一册《曾国藩家书》“啃”了一半。稍歇，闭上眼，回味起书中这一段文字：“盖士人读书，第一要有志，第二要有识，第三要有恒。有志则断不甘为下流；有识则知学问无尽，不敢以一得自足，如河伯之观海，如井蛙之窥天，皆无识者也；有恒则断无不成之事……”恍惚就见得曾先生笑盈盈地发问：“滋味如何？”

城是“珠城”，湖叫“龙湖”

中国传统文化观念中，“龙”与“珠”既是两个顶级的吉祥物，也是两个极为美好的字眼。“龙”聚霸气、威严于一身，早就成为中华民族的图腾，成为中华民族的象征。“龙马精神”“龙腾虎跃”“龙飞凤舞”等词汇，无不在表达着“龙”的威严与正义。芸芸华夏儿女都以“龙”

的传人为荣。尽管现实世界中并没有“龙”的存在，但它饱含了人们所有美好的愿望和寄托。而“珠”则表达了人们的一种温和、祥瑞的期望。“珠圆玉润”“珠联璧合”“珠光宝气”，这些中国人耳熟能详的词汇满含的是人们对圆满、和谐的衷心祝愿。那么，你是否想过，当一个城市，同时具备了这样两种蕴意的时候，她又会是怎样的一种风姿和品格呢？

我生而有幸，在20世纪80年代初的一个夏日，开始和这样一座城市不期而遇，结下了长达十年的情缘——这十年是指时空的概念，而实际上，至今她仍然驻留在我的心间，延续着一个又一个十年。虽然我已不在那儿生活和工作了，但随着时光的脚步，我却感到和她越来越近、越来越拥有一种共通的情怀。

这座城市就是淮河南岸的安徽省蚌埠市，一座被誉为“火车拉来的城市”。从地理位置上讲，她是京沪铁路线的重要节点；从战略位置上说，她又是自古以来的兵家必争之地。远的不说，单是20世纪40年代末期那场决定中国命运的“淮海战役”的硝烟就曾弥漫了这里的大片土地，也让她在历史的画卷中留下了更加清晰的身影。当然，在更久远的年代，她或许不叫“蚌埠”，但这片土地却是亘古未变地铺展在那儿，不管叫不叫蚌埠，她都是一个具体的存在。

好了，现在该说到她和本文开头所提到的那两个充满了神奇和美好寓意的字眼之间的关系了。

先说“珠”字。这一片土地其实是淮河河床与陆地之间的一片过渡地代，有大面积的滩涂，从很远的年代起，这里就是人们养殖河蚌、培育珍珠的天然工场。有“蚌”就会有“珠”，故而人们就叫了她“珠城”，从此她就和“珠”结下了不解之缘。再说“龙”字。虽然从地理位置上说，蚌埠是淮河的南岸，该是“南方的城市”。但多年来在人们心中——至少在安徽人民的心中，她却是一座地地道道的北方城市。而在一般人的印象中，北方的城市是干燥、枯涩的，绿水青山似乎和她无关。而似乎就是为了证明自己当仁不让的是“南方城市”，珠城的东南面恰巧就有着一大片浩渺的水域，那是一面超大的湖泊，据说比人间天堂西湖还要大两倍，这个湖就叫“龙湖”。传说当年朱元璋皇帝的太子即“龙子”，曾在这儿放舟逐浪，所以后人又唤她为“龙子湖”。而我则更倾向于“龙”字的来历是因为她的蜿蜒伸展、一眼望不到边的气势恰似一只巨龙的神韵。不管是“龙湖”还是“龙子湖”，反正都是和这个“龙”字有了撇不清的关系了。于是乎，“龙”与“珠”便在这儿巧合地装点着这座城市，这座城市也以“龙”“珠”二字而得意地远播美名。

那一个火热的盛夏时节，我像一枚落叶，不经意地飘落到了这个城市，飘落到那个龙湖之畔，成为一所高校的员工。当我收拾停当，走出校门，沿着一条仅有三四米宽的土石小路，信步走到湖边时，我为这湖的浩渺与清寂所震撼！湖水平静，不起波澜，极目所见净是杂树闲花野草，环顾四周，除我走过的那条小径之外，并没有其他的大道可行，只有几条隐藏在草树之中的羊肠小道蜿蜒地伸向湖边。寂静之中，透露出纯粹的自然与原始风味，连偶尔刮过的一阵风，都只有湖水和野草的清凉气息。那是一种原生态的、草木、泥土的味道。湖的对面，是一脉山峰，远远望去，宛如一道土岗，倒是青翠葱郁，山顶上矗立着一座铁塔——自是电视转播塔无疑了。此后的日子里，我曾多次带着一群青春洋溢的学生登上过这座山，才知道她的芳名乃为“曹山”，又叫“草山”。更有价值的是，在山腰处竟留有明代大将汤和的墓茔遗址。虽只剩下石人石马，但在树木隐翳之下，也是森然肃穆。

湖是这样的自然天成、野性十足，似乎是要和这份自然野味配对，那时的这座城市也是寂寞而“紧致”的——对，不能说是“精致”，只能说是“紧致”——紧凑而雅致。从我供职的学校进到城里，要在一条仅能并行两辆汽车的土路上步行半个小时，才能坐上一趟公交车。而全市宽敞气派的大道只有胜利、淮河、交通等可数的几条。到了市中心，也只见可数的几座不到十层高的大厦，最为繁华的是隐匿在这几座大厦背后的一条被称为“二马路”的所在，那是一个小商品批发销售集散地，彼时正是人头攒动、摩肩接踵，生意红火得叫人眼热。这显然与我心目中的城市有着较大的差距，更与我刚刚毕业离开那座西南重镇、天府之都没有什么可比性。但让我欣慰的是，城中心最豪华最气派的两座大厦之一是新华书店，从一楼到三楼，徜徉之下，恍如漫步书山、流连书海。这个书店的存在，似乎是无声地告诉我：城虽小，但对文化、对文明的重视却丝毫不弱。这让我感到了这座城市的可爱。

“紧致”的另一个体现，就是市中心有一片方圆数十米的水域，被围起了一人多高的围墙，围墙与水面之间环有一圈绿荫小道，算作城内的唯一公园了，入口处挂有一块写着“大塘公园”的牌匾，足见当地人的诚实和质朴，不去为它取个故弄玄虚的雅大号，而是不加修饰地如此称呼她——尽管她实在也不过就是一口“大水塘”而已。后来才知道，在城市的西郊确实还有着一个相对像样的公园，叫“张公山公园”，只是离我所在的学校较远，所以一直没去光顾过。据去过的同事说，那里也不过是有一座较高的山和多一点的植物而已。如此一来，我也就没有遗憾了。

在这座城市，我工作生活了十年时光，由最初的陌生到后来的亲密，在岁月流逝中感到了她的可爱。比面积，她显然只能算是一座中小型城市；比名气，虽占有交通要道之利，但却被南边的南京、北面的徐州所“打压”，而不能出人头地。但我觉得，正是这一分“紧致”，这一分单薄，让她展现出一种“珠圆玉润”的品格。更何况作为北方的城市，或者说准北方的城市，她能同时拥有一湖一山，更有自古以来便刻上的“珍珠”的印记，便使得她在我心中刻下了亲切和温暖的记忆。

珠城有着北方的豪放阳刚，又不失南方的温润柔静。这座城市似乎与生俱来地盛产帅哥美女，小伙子浓眉大眼，粗犷而敏捷，诞生了若干个运动健儿；女孩子则肤色如玉，俏丽而玲珑，走出了不少文艺明星。这一切无疑赋予这座龙韵飘然的珠城更为自豪的资本。而在我的心中，这座城市在浸润着龙与珠的气韵的同时，还在不经意处流淌着诗意。比如，我供职的那所高校地处“红叶村”（尽管在官方的表述中它被写作“宏业村”，但我一直固执地唤其为“红叶村”）依傍“雪华乡”。虽然一年四季，并没有那种似火如霞的红叶盛景，但心中有胜过眼前无，即便是一种意念，也会给岁月带来亮色。而“雪华乡”则更让人浮想联翩。仔细回想起来，在那里的十年中，似乎未曾见过雪花飞舞、银装素裹的风景，倒是乡里那一片一眼望不到边的梨园，在春天会开满白色的花朵，这不正是对古人“忽如一夜春风来，千树万树梨花开”诗意的反喻吗？你能把雪花想象为梨花，我为什么不能把梨花喻作雪花呢？红叶、雪花、湖水、龙子，营造出一份令人心动的诗意。学校一群青春激荡、意气风发的同学按捺不住地办起了“龙湖诗社”，吟诗作文，纵情唱和，一时名噪遐迩。

不知不觉间，我离开这座有着“珠润龙韵”的城市已近三十年。这些年来，跟随国家发展的脚步，这座城市也发生了巨大的变化。城市面积不断扩大，城市建设日益升级，新开辟的数条宽敞的大道把原先的村庄、田野揽进了城市的怀抱。一座座高楼拔地而起，一片片绿地流芳溢翠。龙湖也像是做了美颜手术一样显示出了富丽和壮美。观景平台环湖而筑，名花雅树满目生彩，尽显壮阔与华美。在湖的西岸，醒目地矗立起一座由韩美林先生设计的“南北方地理分界”雕塑，在普及地理知识的同时，无声地散发着美的气息。雕塑主体为红蓝各四根高大的倒“L”

形立柱，并按照传统文化的寓意，在东、南、西、北四个方位设计了青铜铸造的青龙、朱雀、白虎、龟蛇，顶端是一条欲飞的苍龙，象征着珠城更象征着中国的全面腾飞。

花园城市、宜居城市、明珠城市，这些词汇用在现在的珠城身上，一点也不过分。夸张一点说，当下她完全够得上“珠光宝气”的名分，和东西南北任何一座城市相比，都毫不逊色。

在为这座城焕发的新气象而欣慰的同时，我更念念难忘她当年的那种“珠圆玉润”的品格，难忘渗透进那段岁月中的红叶意象和宛如白雪的梨花，湖畔的野草闲花，路旁的杂树溪流，那是她与生俱来的品格，体现了她南北兼容的自然风姿，传递着“龙”的豪迈和“珠”的温润。

热电厂的烟囱天宁寺的塔

车上北京西二环主路，由北往南驶过西便门，远远地便可看见西南方向高耸着一座直插云霄的水泥大烟囱，在周围一片矮小的建筑衬托下，显得有些鹤立鸡群，挺拔而雄伟；相隔百米，一座敦实厚重、戴有宝珠形塔顶的砖塔从一片居民楼中探出来大半个身子，肃穆而凝重。

这就是原北京第二热电厂的大烟囱和天宁寺的舍利塔。它们一个是现代工业文明的符号，一个是传统文化的遗存，各自都有着丰富的经历和曲折的身世，代表着不同时代的风尚，传递出不同岁月的信息，相伴着沐浴春风秋雨、迎送日升月落，无言地成为这一片区域的两座耀眼地标。

比起热电厂的大烟囱，天宁寺的砖塔年代更为久远，一直要上溯到九百多年前的辽代天庆九年（公元1119年）。虽历经数百年的世事变迁而能生命不息，顽强地走到今天，成为全国重点保护文物。而天宁寺则始建于唐天宝年间（8世纪中叶），初名天王寺。元朝末年曾遭毁损，至明朝初年重建，宣德年间更为现名。寺内有“接引殿”及钟楼、鼓楼、祖师殿、伽蓝殿等相关建筑若干，但最精美最有价值的无疑当数这座塔了，据考证，这座八角实心十三层密檐式砖塔，乃是北京城区现存最精美的古塔之一，高达57.8米。整座塔造型俊美挺拔，整体结构自下而上由基座、平座、仰莲座、塔身、塔檐、塔顶、宝珠、塔刹构成。塔基为方形平台，底部为须弥座，塔身有浮雕金刚力士、菩萨、云龙等，形象丰满、栩栩如生，体现了辽代密檐式砖塔的建筑风格和高超的艺术水平。

而第二热电厂的那根大烟囱，高达180米，建立于20世纪70年代初，年纪比身旁天宁寺的砖塔小了八百多岁。在过往的四十多年里，热电厂一直承担着天安门地区及前三门一带单位及居民的供暖重任，大烟囱在忠实地履行它的职责的同时，也成为那段年月里城市工业文明的标志性建筑之一。每逢冬季，它喷吐出的烟雾伴随着凛冽的北风袅袅升腾，四处飘散，肆意地在天空画出一片片灰白的图案。进入 21 世纪初，燃煤、燃油的传统生产模式已不再适应城市供热和环境保护的要求，2009 年热电厂的锅炉正式关停，大烟囱也就完成了它的职责和使命，熄灭了烟雾，但依然身姿挺拔、倔强地矗立着，成了一个时代的符号，让人睹物生情，每每引发对过往日子的种种回味。

我曾在这一塔一厂的身边生活居住了近十年，在那些年里，热电厂是生产重地，闲人免进，显得有些神秘、庄重和孤傲，人们对它的认知就是每年冬季来临时，从这里输送出的热能能够让千家万户温暖如春。走过路过，偶尔抬头看天，触目所见是高大的烟囱正悠悠地向天空喷吐着阵阵灰白的烟尘，周边被北风和严寒凋零的树木、一排排高高低低的建筑上，躲不掉地被披上了一层灰烬。与厂子仅一墙之隔，天宁寺隐身在一片高低错落的建筑群中，也是门庭冷落，人迹稀疏，几近荒凉凋敝。塔在这样的风景里无奈地失去了雄伟的仪表、庄严的风度，被高大的烟囱压抑得无精打采，蓬头垢面，显出一派苍凉和老迈。其实，那时节人们似乎也没有多少兴致去关心它的存在、体会它的忧乐，更无暇去欣赏它的精美。生活的局促切割了光阴，晨昏交替中，人们更多的是关心着粮食和蔬菜，油盐酱醋、温饱饥寒成为日子的全部话题。我也不曾迈进那寺里一步，也就无法去解读它所蕴藏的文化密码。只是在远远地眺望着这一塔一烟囱时，偶尔会生出些异样的想法甚至是担忧：会不会有朝一日，滚滚不息的烟雾要蚕食掉那老迈的古塔？或者有一天，这一高一矮都会被夷为平地，开发成新的风景？

所幸的是这个担忧是多余的。2004 年，天宁寺得到了又一次彻底的大修，由此迎来新生，成为北京市重要的宗教活动场所，寺前小广场上，两株植于清代至今已有一百多年的国槐树枝干遒劲，枝头绿叶浓密，像是两把张开的大伞，在大地上投下一片阴凉。砖塔也在细心的修缮之后亮堂堂地露出了雄峻挺拔的身躯，成为一道亮丽的风景。寺园不大却整洁舒朗，“接引殿”前的铜炉里香烟缭绕，三三两两的善男信女虔诚地双手合十，默念着心中的祈愿。当然，更多的是观光赏景的各地游客，在各个大殿内外流连徜徉，拜谒古塔，抚今追昔，试图从一副副对联及一草一木、一砖一瓦中解读传统文化的神秘内涵。塔上残存的铜铃在微风中偶尔传来一阵阵的脆响，让寺园内外显得更加宁静。这一切，融合在一幅跨越时代的画面中，无言地表达着岁月静好、山川自在，不由得让人想起清代查嗣栗的诗句：“灯明三百六十点，最好天宁云外塔。风撼三千四百铃，恨无梯级上青冥。”

停产后的热电厂也不再是锅炉雄踞、炉火熊熊，更没有了热火朝天的生产场面，一场始于七年前的改造工程，在保留和还原 20 世纪 70 年代工业风貌的同时，让它华丽地变身为一个新型的文化创意园区——天宁 1 号产业园，一批文化创意单位的入住，使原先机器轰鸣、喧嚣嘈杂的厂区呈现出一派宁静祥和、花红草绿的景象。镶嵌在厂房墙上的厂训仍清晰耀眼：讲政治，服务首都，奉献社会；求生存，拓展市场，惠及职工，这22个红色的行书体大字以及陈列在路旁草丛中的一台台小巧或笨重的电机、车床等设备在无言地诉说着这里曾经的价值和使命。芳草丛中，利用风机叶轮和水泵轴杆打磨加工成的“日晷”在清风中标示着时光的流转。高大笨重的龙门吊被完好地保留下来，“像一座跨越历史长河的大桥，在社会发展的大潮中屹立不倒；像一道彩虹，无时无刻不在展示工业文明的雄壮之美”。那根高耸入云的烟囱和一排车厢似的车间，远远望去，像一艘桅杆高擎的巨轮，停泊在岁月的深处。文化创意、文明传承，让这一块历史的空间融入了新时代的内涵。

曾经，热电厂在造福一方、改善人们生活的同时，也给环境带来了影响，烟囱中冒出的滚滚烟尘让一片蓝天失去了明丽和清爽，钢筋水泥的建筑似乎和周边古老的文化氛围有些不协调。然而，今天的我们似乎没有理由去责怪这一切，更不应当用今天的思维去否定当年的城市建设和生产。一个时代有一个时代的需求，在今天看来是失误或是不足的曾经，或许就是时代发展、生活变化所必须付出的代价。所谓世态炎凉、人间冷暖，得失不可兼顾。检索历史，我们会发现，在生活的物质刚需面前，精神的需求和慰藉有时不得不做些退让。因此，翻开新的生活篇章，站在科学更为发达、理念更加进步的当下，我们更多的是要铭记它们曾经的贡献，而对诸如烟尘给环境带来的破坏等不甚美好的记忆给予宽容的释放。

作为近千年的文化遗址，天宁寺及天宁塔能够历经磨难留存至今固然值得庆幸，而那根早已失去实用价值的烟囱以及这一大片厂房能够完好地保留下来更值得赞赏。在热电厂关停之后，曾有人建议炸掉烟囱、拆掉厂房，重新打造一个具有当今时代风尚的环境。这显然是一种极端的以毁灭实现重建的思维。我觉得，寺和塔固然是历史、是文化，而这厂又何尝不是？且不说它们曾经对社会对百姓生活做出了不可替代的贡献，即使是这些厂房、这根烟囱，也生动地体现着一个时代的建筑风尚和工业文化的追求。塔有理由生存，烟囱和厂房当然也就有理由保留下去。留着，就是留下了一个时代的印记，而毁掉它们，就如同在岁月的天幕上抹去了一片星月，会让文明的苍穹失去应有的辉煌；留着，就是一个历史的纪念馆，钢筋水泥、砖瓦草木，无言地诉说时代和岁月的变迁，诉说文明和生活的发展。这才是文明传承的智慧。开发性维护、创造性挖掘，让一切失去本来价值的事物去芜存菁，焕发新生，重现价值，不是更有意义的、成本更小的重建吗？

看似毫不相干的一座砖塔、一座烟囱，就这样巧合地站到了一起，悠久的佛教文化、年轻的工业文明在这里共守一片蓝天，时刻唤醒着关于人类文明发展的记忆。如果说砖塔是佛教文化传承下来的留声机，那么，热电厂雄伟的大烟囱就恰如现代工业文明的一管麦克风，在岁月的舞台上，它们用不同的频率和节奏，无声地播送着关于山川衍变、天地轮回的故事。

乘车记

一年四月的一天，我因公干，从江西井冈山乘下午的直快列车回北京。下午三点，从所住酒店出发，开车送我前往车站的，是当地的一位年轻的司机，小伙子个头不高，瘦长脸，身着一套显然是工作服类的西装便服，长得还算精干，看上去就是一个十足的南方男人。见到我时，他嘴里还不停地嚼着口香糖，因此和我打招呼也是含糊不清的。车开动后便不再有话。车外春雨初歇，山明树亮，我也就没有心思和他多言，只顾看着窗外的层峦叠翠。

井冈山的路，多盘旋，路面又不太宽敞，开车人大多小心翼翼，所以对他的沉默，我也就主动有了一份理解，没有多言。行至途中，前面有一辆灰色雪铁龙，似停非停地缓慢而行，看得出开车人是车技欠熟，在山路上不是得心应手，所以不敢放开车速；并且行车路径也不规整，骑分车线而行，一辆车竟占了右行的两条车道。我的司机有点不耐烦，先是鸣了几声喇叭，见前方的车还是闻所不动，再鸣，不断地鸣过几响，那车才慢慢让出了我们前行的道路。行至与这车平行时，我的司机打开了副驾上的车窗，冲着它大声嚷嚷了几句。虽是当地土语，话语又是一连串地蹦出，我听不清他在说什么，但从他的表情和语调上听，也知道他在狠狠地骂对方。我瞥了一眼，那车里坐着两个女子，不知是不是没听见还是对这样的“路骂”习以为常，她们二人竟都没有表情。

小伙子的这一骂，使我原本对他的一点较为良好的印象打了折扣，怎么一个看似文静、少言的人会一下子有这么大火气？这种行车途中常遇到的情形，又哪里值得他如此咆哮呢？抱着作为他降火的心思，我调侃地说：“她们开车就是谨慎，也许是自学成材，没有上过驾校，不懂得交规。”小伙子嘟囔道：“这些人开车真不像话。”便不再有话，也没影响开车。我心里暗自庆幸：这位司机看来只是刀子嘴豆腐心，换了北方的暴躁哥儿们，说不定会堵到那辆车前，别停她们再破口教训哩，那样，还不耽误了我的行程？为缓和他的情绪，我又问了点有关井冈山的风土世情，以图调节只有我们所在空间的氛围。这样，经过半个多小时的山路盘旋，到达了位于井冈山市区边缘的火车站。等他放下我，调头回去时，我站在宽敞的车站广场放眼一望，这才发现，我们进来的那条路，竟是大路之外的一条少有人车行的小道，难怪车从高速收费口拐上这条坑洼不平的小路时，我就感觉这不像是进入车站的要道，担心他是不是走错了路，敢情他是抄了近道！

下午四点，我准时上了火车。车上的人和车站上的一样，并不太多，我的那个卧铺包厢里，加上我也才三人。我在下铺，对面一个戴眼镜的小伙子，很快放好了行李，便躺在铺上闭目养神，一副山崩于前而不为所动的“入定”状态，另一中年女子是他的上铺，比较艰难地爬了上去，也和衣而躺，没有言语。我也就倚于铺上，拿出一本没读完的书看了起来。半小时后,车开出站台,一路上,只有车轮和铁轨的摩擦声有节奏地传入耳中。

看了会儿书，我也有了点睡意，便合页而眠。谁曾想，不到十分钟，对面的那位仁兄高亢而带回旋音的鼾声，却销蚀了我的睡意，我只好拿着书，坐到包厢外过道边的座位上，把精神再一次集中到书里。

这是一本很耐读的书，我全心进入其中，不觉车外天色已暗。等到车停了下来，才知是到了九江车站。陆续有人上来，我时不时地要起身为他们让道，目光却始终是在书上。

正看着书，一个稚气的带着几分甜味的童音使我不觉抬起了头，才看见是一家人带着一个看似两岁的女孩在我身后不远处嬉戏。小女孩很是活泼，一会儿要上厕所，一会儿要吃果果，她的家人也逗着她、顺着她。从他们的说话中，我得知这一家人分在两个不同的包厢里，年纪稍长的是女孩的爷爷，一男一女两个年轻人无疑当是女孩的父母了。他们买到的都是上铺，可能是从于对孩子的不放心，商量着等同一包厢一个下铺的旅客来了之后，和他换一下铺位。听他们的口音，就是江西本地人，孩子一口带有地方口音的普通话，银铃似的，听起来甜甜的，特别是她的父亲让她背《鹅》《静夜思》这两首古诗时，更是动听悦耳。小家伙也很调皮，背诵完一遍正版古诗后，又盯着大人，调皮地朗诵：“床前明月光，好像一条河。举头望明月，鹅鹅鹅鹅鹅。”大人们被她这带有想象力的改编逗笑得合不拢嘴。

分享了他们的天伦之乐，我又低头读书。车缓缓再次开动后不久，一个粗大的嗓门在我身后响起：“让路！让路！”随话音飘来的是浓浓的酒味。我忙起身让开一条道，顺眼一看，是一个身高足有一米八左右的大汉，一件深色夹克衫似穿似披地罩着他粗壮的身躯，敞着胸，左手拎着一只手包，无名指上一只蟑螂大小的绿色钻戒十分显眼；右手捏着一张车票，边走边数着包厢的编号，从我身旁窜过去，走到车厢尽头又折身返回，停在了那家江西人所在的包厢门前，看了一下，粗声大气地说：“就这，是我的铺，起开。”我往包厢里撂了一眼，见那个女孩的妈妈正坐在一个下铺也就是这位大汉的铺上。见大汉已来，她便急急地起身让出铺位，并小心翼翼地说："能不能和你换个铺，我在这个上铺。"只听那大汉仍是粗声大气且坚决地嚷嚷："不换！不可能换！上铺多少钱下铺多少钱？下铺三百九十八，下铺三百五，你当我傻？没门，不换！"作为一个经常出门，也曾和别人换过铺位的人，我被他这一句硬度十足的答复惊呆了！

接下来发生的事就可想而知了。先是那个女孩的父亲被这一句激怒了，也很不客气地回应："不换就不换呗，拿钱吓人？不就几十块钱吗？会说人话吗？"那大汉不依不饶："怎么不会说话？你们想什么呢？"女孩的妈妈也很不客气："一个大老爷们这样说话？"大汉说："怎么说话？老爷们怎么了？想占便宜？没门，告诉你，就是不换，怎么了？"我背对着他们的争执，没有也不想回头去看他们的表演，只想着这场戏会怎么收场，同时也在想，那个小女孩会怎么样？该不会被这样的场景吓着了吧？

争执还继续着，听见女孩的爷爷说了一句："你想怎么样？喝点酒就发疯想欺负人啊？我们一家七八口，你还想和我们打架？"大汉也不饶人："七八口想怎么着？你动我试试？"双方火药味越来越浓，虽然是一对三，那大汉也丝毫不服软，且嗓门明显高过那一家人，渐渐地双方的话语中带了脏字，并听得出彼此开始动手指点起来，而这往往是事态扩大的导火索。闻声而来的女列车员相劝几次也无能为力，只好小跑着去另一个车厢叫来了乘警，这场持续了十多分钟的争吵才消停下来。女孩的父亲显然义愤未平，让列车员帮他们换个包厢，说：“跟这样的人住在一个包厢恶心。”大汉也回敬：“换，我也不愿和这样的人住一起，换、换、换！”列车员按住他们的怒火，答应去帮他们调换。

在他们的争执过程中，我发现那个小女孩始终很镇静，没有哭，也没有闹，只是在父亲的怀中静静地看着双方唇枪舌剑，我一时从内心里对这个小女孩起了几分敬意。在列车员答应为他们换车厢时，她还睁着稚气的大眼问父亲：“为什么要换？换到哪儿去？”爷爷说：“这里有个酒鬼，我们不和他住一起。”她也只是似懂非懂地点点头。相比女孩的定力，大人们的急躁和发怒令人汗颜。

在等待列车员为他们换车厢的时间里，女孩的爷爷在包厢外和他儿子说：“这个酒鬼，再发酒疯我就收拾他，喝杯马尿就发疯，哪像个老爷们。”并看似随意地向儿子问了一句：“明天是两个车来吧？”儿子点了点头。不一会，那大汉又做了一个令我意外的举动，他拿出电话，拨通后大声地说：“明天早上八点到北京，你开两辆车来接我。就我一人，不还有行李吗？带几个人？带三四个人够了。听好啊，开两辆车，就这样。”过道里，那对江西父子相视一笑：“他是怕我们到站后收拾他，搬救兵哩。”

最终，列车员为他们双方都调换了车厢，才使得这场战火彻底平息。这一过程中，耳听他们的吵吵，我也没法再静心看书，心里涌起一种别样的滋味。浮躁的社会，浮躁的人心，这样一件小事，却差点儿酿成一场打斗。我无言，也更加对那个小女孩的表现充满钦佩！她懂或不懂大人们的争执姑且不去想，仅是她面对这场闹剧发生时的平静，就令我吃惊！我不知到站后，他们双方会不会还有战事再起的可能。果然，第二天一早，那个大汉在酒醒之后，洗净了面目又来到这个车厢向列车员打听那一家人的去处，大有一种誓不罢休的架势。联想到井冈山上的那个压不住怒火的司机，一次旅途，竟让我一前一后遇到了这样两件事，使我对当下社会人与人之间的交往、人与人之间本该有的诚意产生了些许怀疑：这是我们所应有的一种社会风尚吗？文明社会中，人应该有的那点涵养、善意又被什么侵蚀了呢？

我在想。不知事后他们是不是也会想。

绿茵江湖快意风

2017 年 8 月 1 日晚，一场本年度中国足协杯四分之一第二回合赛事在广州恒大和广州富力两支同城球队中展开。德比激战，两强相遇，意料中的火花四溅、斗智斗勇让这一晚成为球迷的盛大节日！在一再感叹中国足球难以走向世界的当下，这样一场赛事无疑给了国人灿烂的联想。

广州恒大以其超群的整体实力，蝉联中超六冠、两获亚冠金杯，又问鼎上年度此项赛事，无疑算是当今中国足坛的老大。而同城的富力，虽名气、实力不及恒大，但也曾染指亚冠赛场，本年度因以色列“射门机器”扎哈维的加盟，在绿茵江湖呼风唤雨，屡获胜绩，美誉有加。特别是在第一回合中，他们在自己的主场——广州越秀山体育场用一场气势如虹的进攻，以四比二的比分，痛快淋漓地将兵勇将猛的老大斩落马下。明眼人都看出，他们已将获胜的主动权掌握在了自己手中，当然，他们自己更是心潮澎湃、喜上眉梢。两个球的优势，毫无疑问，对恒大造成了泰山压顶的威胁。

赛前，坊间几乎一致认为恒大今年的足协杯之路会戛然中断在天河体育场。尽管也有人心中希望看到一场恒大绝地反击的攻坚战，来一次雪耻解恨的翻盘，但冷静一想，却不敢有十足的把握。更为人们不看好的是，老大队中几位守城如铁闸、进攻似利剑的好汉无法出战，未等开弓搭箭，似已略输一筹；在恒大执掌帅印的巴西老头斯科拉里又是一个典型的固执派，其一套阵容打天下、以不变应万变的作风自上赛季以来就饱受诟病，也让恒大吃尽苦头。虽有两个客场进球，但在拥有“射门机器”扎哈维的富力队面前，要想翻盘，至少需在天河灌进对手大门两球以上——前提还得是扎哈维哑火！这难度无疑是相当的大。

没有多少人为这样的结果报以奢望。喜欢或不喜欢恒大的球迷，都在为这位老大捏着一把汗，甚至有了一丝绿茵江湖版图即将推陈出新的遥想。

然而，绿茵江湖，恰是奇迹的温床！哨声一响，斯老头派出的阵容在让人大吃一惊的同时也让人眼睛一亮——多个很久没有在此阵容中首发的球员比肩站到了绿茵之上，特别是刚刚在恒大二度上岗的猎豹穆里奇精神昂扬的亮相更给人一种要变天的刺激！无奈之变，并且是大变！也许正是这一变，让富力乱了阵脚。接下来的比赛，到今天早已不是新闻了，这次不得已而变的阵容真的就还以颜色，将富力干净利落的一刀——不，是七刀斩落马下！虽然扎哈维不负众望，雷纳尔迪尼奥也冲锋陷阵，各自攻进恒大球门一球，怎奈恒大几乎全线开火，一鼓作气灌进七球，加上客场的两球，最终以九比六的悬殊分差昂首进入了半决赛！不得不说，这是本年度中国足球乃至世界足球的一个奇迹！事先有多少人猜中了这个结果？也是嘛，猜中还能叫奇迹吗？

暂按下此事不表，另一场同样堪称奇迹的比赛在此后两天就上演了——同样没让多少人猜到其结果。

这就是在天津权健和上海上港之间的那场赛事。不妨简略地回顾一下这场比赛。第一回合是世界足坛帅哥卡拉瓦罗掌印的权健在主场三比零获胜，上港虽有中超第一大腿胡尔克竟也未能打进一球。本回合上港若想翻盘，必须是在权健主场打进三球以上！帅得让人牙痒的卡帅会给他们这个机会吗？他不愿意，大多数球迷也不敢想。但是，奇迹就是发生了。颜值与卡帅各有千秋、名气却大逊于卡帅的上港“代帅”谢晖不知是给队员们打了鸡血还是牛血，十一条好汉在绿茵江湖呼风唤雨，杀得满场飞沙走石，结果真的就零封对手，打出了四球进网、超出权健一球的成绩，让权健完完全全吞下了失败的苦果！卡帅虽然不失风度，帅气依然，但面对此情此景，无疑暗叹：宝宝真苦！看着卡帅英俊的面容，追星族祈福：卡帅别倒。

这两场赛事让人领略了竞技体育的残酷，四支球队经历了一次冰火两重天的折磨。比赛虽已成为历史，但个中滋味却让人回味悠长，尽显江湖快意。

撼山易，撼动老大的地位难，哪怕你已有好牌在手，也切不可有所懈怠。在你的实力还远没有百分之百的获胜把握时，你就主宰不了自己的命运。在你的胜利面前，老大悄然转身换一手牌，就能搅得你六神无主。要知道，老大不是白给的，能成为老大，必定是闯过风霜雨雪，跨过沟沟坎坎，必定是有多年的积淀和淬炼。以恒大来说，中国足坛没有哪一支球队不羡慕他们的板凳厚度，平时在场上奔跑着十一条好汉，千万别忘了，场边还坐着若干条好汉，给予机会，便能猛如张飞，智比子龙。人们在诟病斯帅的固执、刻板之余，每每又不得不承认这老头的老练与狡猾。反观富力，才真的是一套阵容打天下，十一条主力好汉场场拼命，才换得今天的成绩，但老虎也有打盹的时候，这十一人略有疏忽，眨眼之间便会酿成大错。拼杀在场上，功夫在场外。一场胜负，表面看是比分的差距，一时的运气，实质上是常年的积累、长久的磨炼，更是谋与智、勇与气的结合。什么时候小兄弟懂得厚积薄发、善谋善断了，老大的地位才会真的动摇。恒大的变阵似为迫不得已，斯帅当然更不会透露背后的谋断与抉择的真经，他那似笑非笑的表情像是告诉人们：江湖就是如此。

天下之事，确实如此。老大能靠着丰厚的底蕴绝处逢生，把劣势转为胜势，新秀却往往将原本的一手好牌打砸。卡帅统领的权健在第一回合的歼灭战使这个原本就帅气逼人的小哥之江湖地位陡升，坊间都期待他能守住这一胜绩并扩大这一胜绩。恒大的翻盘也曾给他以提醒，在内心里，他知道即使是有客场三球的优势，但在整体实力超于自己球队的上港面前，切不可掉以轻心。然而，这个理智上的清醒认识，却没能换来如愿的结果。90 多分钟的激战，竟是以四球落败让别人的奇迹改写了自己的奇迹。撇开议论纷纭的一些场外因素不说，卡帅对自己的弟子没能乘胜前进的根本原因，其实是心知肚明的，除整体的实力有差距之外，谋与智的不完美，才是致命的因素。足球场不是 T 型台，不靠帅，而靠踘——要能把那只小小的皮球踘进对方网窝才行。卡帅年轻，鲜花铺路，球队稚嫩，底盘不稳，凯歌里欣喜若狂，逆境下心烦意躁，丢球丢分就在所难免了。两个回合的比赛，先胜并非全胜，谋若不足，胜势便转为败势；谋若不足，尽拼场上功夫，即便累得出血也难如愿以偿。绿茵之上，比赛一场场地踢；人生一世，路是一步步地走；积淀厚实，步伐才能稳健；思谋深远，前景才会光明。

可以肯定的是，在此后的比赛中，老大恒大不可能永远一帆风顺——这样的局面追兵不答应，球迷也不希望。有反复、有胜负转换、有波峰浪谷，比赛才精彩。一骑绝尘，砍瓜切菜，对抗性不足的赛事吊不起观众的胃口，点不燃绿茵场上的激情。新秀权健也更不会从此一落千丈，忍气吞声，以卡帅的智慧，不用我等帮他总结提升，他自会从这场“奇迹被奇迹刷新”的对抗中收获很多。但这两场比赛却已成为中国足球史上的经典篇章，哨音呐喊过后，联想余韵不绝；技能战术之外，感悟回味无穷。

茗边絮语

曾经的岁月里，家乡茶香醉了人生的每一段旅程；未来的日子里，家乡茶自然也会浸润光阴的每一次变幻。

故园茶香恒久远

“兰香”“火青”“翠尖”“龙芽”……这一个个充满诗情画意的字眼呈现的是一片和静恬美的意境，悄然唤起人们关于山清水秀、草木葱茏的无限遐想。不过，它们可不是什么花花草草的雅号，而是我的故乡——皖南泾县云雾山坳、秀峰幽谷生长的茶叶的芳名。每年清明、谷雨前后，故乡就完整地进入春茶时光，城乡到处都弥漫着醇厚怡人的茶香。

我最初对茶的认知全部缘于并且仅局限于家乡茶。家乡茶是绿茶，在我离开家乡外出求学之前的十多年中，我只知道世界上有这样一种茶，至于红茶、乌龙茶以及普洱之类，都是闻所未闻的。于是就想当然地以为，茶，就应该是家乡茶的模样、家乡茶的味道，其他的都不能称为茶。

即便是今天，虽然也品饮过名目繁多、千姿百态的茶叶，但心心念念、割舍不了的，仍然还是家乡这些普通、朴素、本色的茶，也正是家乡茶在我的心中种下了对茶的本质的坚定认识——茶，是人类最朴素的饮品。十多年前我曾以《朴素的茶》为题，书写过对茶的赞美、对茶的衷情。在那篇文章中，我如此这般写到："华美是短暂的喧哗，朴素是永恒的蕴藏。结交华美，或许会得一时之艳；而拥抱朴素，则能有一世之真。朴素的人，去爱朴素的茶吧。"

少年时代的记忆中，茶是家乡人日常生活中每天都不能缺少的伴侣。对家乡人来说，喝茶既是一种生活态度，也是一道礼仪规矩。每天从早到晚，壶里杯中不换上几回茶叶，都是十分没有面子且不懂生活的做派。日常居家是用茶壶泡茶，一家人自饮自斟。而但凡有客人到访，主人却不会直接从茶壶里为他斟茶，非得要洗净一只茶杯，另沏新茶奉上。不管客人会待多久，茶都是要现泡的，这既是对客人的尊重，也是对茶叶的敬重。客人也心领神会，非迫不得已，总会坐下来，和主人家长里短、海阔天空地聊开去，直至把一杯茶喝到清汤寡水方才告辞。临别前要由衷地夸赞一句“这茶真的不错”，算是对主人热情的感谢又是对这杯香茶的赞美。

而对有些人来说，茶不仅是解渴的甘露，茶还是充饥的珍馐。最深的印象是，家父从来就没有吃早饭的概念，多少年里，他每天早晨起床后的第一件事就是沏上一壶青绿的茶，稍许倒出一小杯，端起来闻一闻杯中悠然升腾的水雾茶香，再呷一口，慢慢咽下去，喉龙深处便传出轻微的声响，透着深深的舒坦和满足。与茶水相伴的，不过是几片盐水腌泡的生姜、一份掰成若干小块的蒲包豆干，还有一种算是家乡的特产了，是用细嫩的竹笋、圆润的黄豆经过蒸煮晾晒并拌着酱油等作料制成的茶点。一壶清茶，几碟小菜，开启了一个又一个日子的序幕。街坊中像家父这样的迷茶之人不在少数，直到今天，我仍然无法判断，究竟是小菜的淀粉、谷纤维充填了他们的肠胃而消减了饥饿，还是那一壶绿茶的芳香给了他们味蕾以抚慰或麻醉才能让他们一上午乃至一整天都能精力充沛？

茶叶长在枝头都是翠叶舒展、迎风蓄露，但加工成型后却又各显春秋。家乡茶中，“兰香”“翠尖”“龙芽”，都是采下的茶树茶枝的鲜嫩的顶尖部分，俗称“两刀一枪”——即两片嫩叶中夹一枚嫩芽，算是春茶的极品，炒制出的成品基本是条形外观，原生态面貌。较为特殊的是“火青”，山里人匠心独运、另辟蹊径，将一片片翠绿的原叶，经过烘、揉、捻、搓等程序，变成了一粒粒深青色的小球球，圆润而饱满。

家乡茶主产于县城东南和西南一带的崇山峻岭之间，这一片群峰连绵，终年云雾缭绕，溪泉密布，是茶叶生长的天堂，而“汀溪”“涌溪”“茂林”“南容”，这些地名在展现地域自然生态特点的同时，也和茶叶的名字一样惹人遐想好奇。每个山坡峡谷自然小环境的不同，所产茶叶的品质和味道会有些微妙的区别，因此就有了自带兰花气息的“兰香”茶、栗香浓郁的“翠尖”茶、醇爽回甘的“龙芽”茶和香气沉厚稳健的“火青”茶，凡此种种，名闻遐迩，备受追捧，香茶配美景，家乡也因此骄傲地步入“全国十大魅力茶乡”行列。

据说“火青”更曾是家乡历朝历代皇家的贡品。这个传说虽不知真假，但一叶难求、身价不菲却是当年的实情。有一年我不知轻重，满以为“火青”既是家乡产品，我一个彻头彻尾的家乡人，怎么着还不能顺风顺水地采购几斤？便答应了当时供职的那所高校的安排，和一位工会干部回到家乡购茶，没曾想遭遇到“滑铁卢”，要不是同行的干部早有预案，辗转请行署的一位校友打了招呼，购得十斤新茶，此行就是竹篮打水一场空，尴尬而又丢面子了。

那些年旅游还没有成为国民生活的重要选项，家乡每年来外地人最多的时节，也就是新茶上市的那段时间里，远至上海、南京，近到芜湖、合肥，都会陆陆续续地来一些人采购茶叶。县城里本来就为数不多的旅社、饭店一时间纷纷客满、一铺难求。不少人便投亲靠友，连带的街坊邻里出租被褥的小本生意也红火上一阵子。客人们住上一两天，跟着亲戚朋友下乡访茶问水，然后自己扛着装满茶叶的大袋小包，心满意足地打道回府，他们在带走香茶的同时，也给家乡的茶农们留下了日子的希望。

身为茶乡儿女，每年“五一”前后去茶乡采茶是我中学时代学农教育的重要内容，高中时就曾连续两年去一个叫作“葛河口”的山村采茶。虽然说这是有偿的学农活动，可以挣点书本费和零花钱，但包括我在内的大多数同学都没有把采茶赚钱当作首要任务，而更多的是抱着“快乐山野十日游”的心态，逛山玩水，乐山戏水，欣欣然、陶陶然。其间也发生了至今记忆犹新的故事。比如某次采茶到山顶，挂在肩头的茶篓没有任何征兆地滚到山下，一篓鲜叶倾泻而尽，一天劳作化作垂头丧气；再比如有同学上山不是采茶而是寻觅砍伐藤类植物，削制成练武术的棍棒器械等，各寻其乐，不负春光。

20 世纪 50 年代，县里大干快上发展农副业生产，在城郊东北部的幕山附近一带山坡上开发了一大片茶场，试图按工厂化模式种植生产茶叶。但由于这一片山坡地势平缓，又紧邻城区，无法像汀溪、涌溪深山里那样享受云雨春风、清泉润泽，加之土壤不太适合茶树生长，茶叶品质得不到保证，因此很长一段时间里，“大幕山茶”成了“低端、粗茶”的代名词，不受待见，只能用作单位的防暑降温福利或集体劳动时大桶茶水的指定产品，渐渐地也就退出了历史舞台。

家乡人还有一种浓厚的“野茶”情结，执着地认为那些自然散落零星生长在深山峡谷的“野茶”，远离繁华喧嚣，不受尘世污染，味道更香、更醇，蕴含着神秘的仙气和灵气（拿当下的话说就是“更加原生态”），为茶中极品。而在县城人心中的顶级“野茶”则出自青弋江西岸湖山的深坳幽谷。仲春时节，能够畅快地品尝一杯集仙气、灵气于一体的“湖山坑野茶”，曾是很多爱茶人的渴望与梦想。发小海龙的母亲当年就热衷于深入湖山坳里去采茶。早出晚归、披星戴月，忙碌一个茶季，总能自采自炒几斤“野茶”，一撮撮、一勺勺地送人，都是极为高级的馈赠。那些年里，我没少享受她老人家的劳动果实。直到近几年，老人家年纪大了，腿脚不如当年利索了，仍会不辞辛劳地去山里寻找。只是生态环境的变化，当年那样的“野茶”是越来越少了，老人家的兴致受到极大的损伤。再见到我们，便只有几句深深的惋惜了。

离开家乡多年，一直爱喝的还是家乡茶。大学时代，父亲每年都要给我邮寄。便于运输、不怕挤压的“火青”不仅价格稍贵，而且不易买到，所以更多的是邮寄加工简洁的“兰香”“翠尖”等一类条茶、尖茶。由于包装的简陋，每回寄到我手里的茶叶总会有些损碎，外观打了折扣，但浓郁的茶香却依然能够一解游子的思乡情愁。到北京谋生这些年，每个茶季老同学总忘不了给我寄来家乡不同山头的春茶。早晨，沏上一杯，闭着眼睛深吸一口从茶杯里升腾起的茶香，仿佛又回到了家乡、见到了亲朋好友，如醉如梦，一整天都精神十足！在家乡茶面前，无论多么顶级的其他“名茶”，都只是“茶”而已，唯有来自家乡的“茶”，才既是茶，又是情谊和乡愁。

曾经的岁月里，家乡茶香醉了人生的每一段旅程；未来的日子里，家乡茶自然也会浸润光阴的每一次变幻。

故园茶，恒久香！

中国茶赋

华夏有嘉木，天地共哺育。神农初尝试，世间始知茗。汉时蒙山顶，理真培土植青翠，一壶香天下；唐朝苕溪畔，陆羽挥毫著华章，妙语传千秋。根植高山兮，云为霓裳雾作袍；香飘都市兮，少视亲朋老当宝。度寒来暑往，饱经岁月风霜；走千家万户，谱奏和谐音韵。约会春雨，天露滋润，满园芬芳醇如桂；流连秋阳，金风吐哺，一派生机气比兰。君山银针，西湖龙井，红、黄、绿、黑、白，五色四季皆流芳；淡雅茉莉，陈韵普洱，喜、怒、哀、乐、愁，七情六欲溶馨香。枝头婀娜笑，相随万紫千红，装点江山秀美，独守本色不争荣；杯中翩跹舞，绽放秋色春光，融会人间真情，乐在奉献品自高。甘苦润心田，益思悦志，可挡炎炎夏日；芽叶和醴泉，千娇百媚，好消皑皑寒雪。坊间街肆，处处有倩影；杯里盏中，滴滴是温馨。做友，能解心中烦忧；为伴，可助前程锦绣。

赞曰：人生莫愁少富贵，壶中冷暖有乾坤。天地精华是珍品，南北歌赋颂佳茗。妙哉中国茶！

文化的茶

说茶是一种文化，可能不会有人反对。因为看似平常的茶中，的的确确积淀了深厚的民族风情和百姓智慧，包容着丰富的时代信息和岁月履痕。所以，我们常说，品茶实际上是在品味人生，品味社会，品味文化，品味不同时代的酸甜苦辣。茶从野生植物成为人们饮品的过程，就是人类文明发展的过程，是民族文化不断演变的过程。文化的进步提升了茶的价值，茶也不断丰富、精彩着我们的文化。

茶是一种文化，不仅在于翻开历史，我们可以从无数文人墨客的诗词歌赋中寻找到茶的婀娜倩影、茶的万般风情，更在于茶本身的生存发展就是一种文化的生存发展，体现了中华民族的勤劳与智慧。神农尝遍百草，发现了茶，实际上是在一个特定的时代成功地破解了自然的密码，沟通了人类与自然和谐共存的联系，从此，茶成为人类亲密无间的朋友，滋润人类干渴的身心，与人类一起完善着、丰满着灿烂的华夏文明，茶也在这一过程中凝结成一种文化。没有茶，哪来宜兴紫砂那一番火爆的事业？没有茶，我们又会少读多少篇精美的诗文？

茶是一种文化，绝不是空泛的自褒，而是有其实在的内涵。中庸、明伦、谦和、俭德的茶道，优美、柔静、清雅、怡情的茶艺，还有造型千姿百态、寓意丰富多彩的茶具，色香异彩纷呈的茶叶，共同构成了茶文化的整体，也更体现了茶作为一种文化的当之无愧。茶诗、茶书、茶画，文化的茶催生出文化的精华；茶馆、茶坊、茶市，茶的文化繁荣了茶的经济。诗人骚客把盏浅吟、红袖添香是一种文化，贩夫走卒大碗鲸吞、汗流浃背也是一种文化，文化的茶就是如此地不问贫贱高下、王公贵族，一律施以温情的拥抱，彻底的滋润。这应该就是作为文化的茶的胸襟，就是文化的茶能够久传而不衰的秘诀。

茶是一种文化。每一种茶，都包含了密集的文化信息，凝固了绵厚的文化风情。爱茶的人首先就必须提高自身的文化修养，否则，就无法领略茶的无穷魅力，无法体验出茶的独特滋味。茶在传承着文化，茶又在创造着文化，因此，我要说，爱茶，就是爱我们的文化。文化的茶滋养着文化的人，文化的人又在哺育着文化的茶。记住，无论在雪夜、星空，还是在陋室、豪宅，沏一杯香茶，你就是在品味一种文化，风花雪月、刀光剑影、爱恨离愁、荣辱兴衰，都会在袅袅的氤氲中浮现，与你对话，给你启迪。

朴素的茶

在所有的人类饮品中，我以为唯有茶是最为朴素的一种。茶的生命历程是平淡而宁静的。她不追求轰动的名誉，不追求炫目的七彩；不向烈日低首，不为西风屈膝。只是执着地追寻着阳光和雨露。茶的饮用和制作的工序也是极为本色和简朴的。每一次清明、谷雨时节，她们会带着一身的清香和鲜活，走进茶农的背篓，走进温暖的茶坊，洗尽铅华，便成为上至达官贵人，下至黎民百姓生活中的亲密伴侣，为人们解困舒心，通启灵智。品一回茶，不需像品一番咖啡那样的讲究，只要一壶沸水，她便能在泥的、瓷的、玻璃的空间里翩翩起舞，把她最美的一种姿势展示于人。

朴素是一种品德。茶是朴素的，爱茶的人本质也应是朴素的，不肆张扬，崇尚坚韧，重思考，偏理性。朴素既是人的一种秉性，又是茶的一种品德。茶，孕于沃壤良田，饮自然雨露；长于云雾峰峦，承日月精华。这份朴素自是一生相伴。从一粒种子长成茁壮的茶树、茂盛的茶丛，要经过多少艰辛和磨砺？娇媚的幼苗会在秋风白露里夭折；华贵的花蕊会在赤日黄沙下凋零。只有朴素的生命才能承得起一番番春雪秋霜，一回回恶雨苦风。坚定地扎根土地，舒展着迎接大自然的一切馈赠。到了繁花似锦的日子，她们却静静地走下了枝头，融入千家万户的寻常生活。这一刻，人们虽早已忘却了她曾经的鲜美和青翠，却体味到了她的质朴和无私。

朴素是一种价值。正因有这份朴素，茶才有了不同于稻黍果蔬的价值，才有了滋润心田、提神醒目的能量。这份价值起于其生命历程中对日月光华的沉淀和累积，源于其翠叶修枝中饱含的人类的劳作和汗水。人们享受着茶的这份价值，又受启迪于这份价值。茶的荣辱历程无言地诉说着生命的价值分量，呈现着岁月的愉悦甘甜。守着这份朴素，茶才成其为茶；守住这份朴素，人才能有高于另类生灵的境界。茶的价值远不是今天标示于精美包装盒上的一串串数字，这样的数字只是人类一种物欲的张扬，一种贪婪的表演。茶若有口，将声讨不息；茶若有心，将砰然而鸣。品茶凝思，我们或有所感悟：矫揉造作是生命的大忌，朴素自然是生命的珠峰。

朴素是一种风格。茶将这一种风格传承弘扬了数百载春夏秋冬。正是有了这个风格，茶才能舍自身的清明而去涤尘世的污秽，才能如良师益友，助人于清廉的心境。相比而言，酒的风格是浓艳，而全然没有这份朴素。所以，酒是热烈的，喧闹的。也正因此，酒常常会使人丧失理性，去和疯狂亲吻，去和暴力预约。蜜的风格是香艳，也缺少这份朴素。所以，蜜是绵厚的，多情的。也正因此，蜜每每能让人沉迷懈怠，去向软弱献媚，去向贪婪敬礼。唯有茶是值得信赖的，值得亲近的。茶没有丝毫的扭捏，茶没有点滴的卖弄。在你困倦和懈怠时，一杯清茶能给你振作的勇气，平淡中你会感受激情的涌动；当你烦躁和苦闷时，一杯清茶能给你思考的动力，微辛里你能品味出生活的甘甜；这就是茶的风格——朴素而真诚。

华美是短暂的喧哗，朴素是永恒的蕴藏。结交华美，或许会得一时之艳；而拥抱朴素，则能有一世之真。朴素的人，去爱朴素的茶吧。

人性的茶

你可以有一千条理由拒绝所有的诱惑，但是，你不能拒绝茶。依我看，在大自然赐予我们所有的物品中，茶是最有人性的植物。聪明的先人也有同样的认识，不然不会造出这样的字——你瞧，草木丛中有一人，这就是“茶”。或许，茶和我们人类的关联，就由此确定无法分离。

茶如人，自古就有定论。宋代大文学家苏东坡有言：“从来佳茗似佳人。”我想，他不仅是指茶的青翠欲滴如少女般可人，更是指茶蕴藏着佳人的气蕴与风度。如果再仔细地分析，我们就可以发现，每一种茶，实际上就代表了一种人。苏大诗人的“佳茗”“佳人”之言，在我看来，是指雨前的绿茶，如黄山的毛峰、苏州的碧螺春，青翠欲滴，长在枝头，迎风起舞，如少女挥袖，风情万种。而岩茶、乌龙、普洱，则似老于世故的长者，深沉又不乏体贴，在岁月熏染的浓郁中，给你沉稳与安详。那伴着茉莉的清香与你缠绵的花茶，无疑就该是少年浪漫的身影了。如此说来，你沏一杯茶，实际上就是在体验一种人生，是在和一种人生开始一次毫无阻隔的交流。呷一口明前的碧螺春，闭上双眼，你会感觉是在和一位久慕的少女倾心交谈，你所有的烦恼、不快，都会在这个交谈中烟消云散，换来的是唇齿留香，精神焕发。沏上一壶乌龙，在袅娜飘逸的淡雅气息里，你还会有胸中的块垒吗？

茶如人，不仅是指茶中有人生的对应，也在于茶的生命历程有如人的一生。长在枝头的岁月，有如少年的浪漫无忧，清亮、鲜美是当然的，然而真正的价值却是在离开枝头之后的时光中，有如人的一生中，真正能给社会造福的是在青年以及中年的光阴里。茶要经过揉拧、火烤才能成为上等的饮品，人，也只有在不断的挫折、失败中才能锻炼成刚强的栋梁之材。有句俗语称“少年烟酒老来茶”，我以为是恰到好处地道出了茶的深邃和意义。

真正理解茶、真正认识茶、真正明白茶的价值，只有在阅尽了人间的喜怒哀乐、悲欢离合，经历了人世的贵贱宠辱、祸福兴废之后，那时的饮茶就是在品味人生，品味岁月的滋味。因此，我要说，茶，是人性的茶，你同意吗？

温暖的茶

“人固不可一日无茶”。有茶的人生，就有温暖；有茶的岁月，就不会孤单。寂寞时，茶是你最好的倾诉伙伴；消沉时，茶能将你蓄积的智慧点燃。每一个爱茶的人，我想都不会缺少这样的体验。温暖，是茶与生俱来的一种品质，即便是将一壶清茶冻成冰坨，慢慢地饮下去，带给你内心的感受，仍然会是温暖的。

也许有人会说，茶大多是凉性的，似与“温暖”有隔。明人李时珍在他著名的《本草纲目》中就有言：“茶苦味寒，最能降火，火为百病之源，火降则上清矣。”这似乎在告诉我们，茶的主要特点是“苦、寒”二字。但我以为，即便如此，也并不能否定茶的“温暖”品质。茶正是以自己的清苦和微寒，换来了人生的温暖。不是吗？茶到则火降，火降则病除，病除则体健，体健才可能使日子变得滋润而圆满，岁月才会充满温暖。如此而言，茶不正是温暖我们人生的一道阳光、一缕和风、一味灵药吗？

温暖的茶，能消融烦恼，让繁杂的心绪趋于平静。正因为如此，在需要一个和谐、融洽的氛围来筹划我们的生活或工作时，我们就会选择茶来做我们的伴侣。记忆中的“茶话会”有何等的魅力？清茶一杯，高朋满座，细品香茗，谈笑风生，多少劳累辛苦在这一刻烟消云散，多少友情知音在这一刻渐入佳境？在满室洋溢的茶香里，国事、政事，诞生了多少决策？家事、商事，签订了多少协议？可惜近若干年来，“茶话会”似乎退出了我们的生活，即使有类似的场合，也是由瓶装矿泉水替代了浓香的茶，方便是有了，但那种因茶而生的温暖融融的情趣却淡化了许多。

温暖的茶，能唤醒沉睡，让思维的马达快速启动。茶圣陆羽在《茶经》里告诫我们：“荡昏寐，饮之以茶。”明代的许然明在《茶疏》里也说：好茶能令“吟坛发其逸思，谈席涤其玄衿”。他们都是在强调和推崇茶对人们思维的兴发和启引功能。茶的温暖，不仅能使人疲惫的身体得到舒缓，倍增精神；而且能使人的心灵得到净化，更添智慧。噙茗于口，犹如洒春雨于沃土，思想的幼苗会勃然而生。古往今来，文人墨客，有几个不是嗜茶之辈？从卷帙浩繁的文明典籍中，我们不仅能感受到先人们那独具色彩的思想的火光，更能从中品味出茶的温暖和醇厚。是不是可以这样说，皇皇中华文明，有一半是浸润在温暖的茶之中？龙井是周邦彦的缠绵，乌龙是苏东坡的豪放。我们不敢想象，没有茶，还会不会有诗词歌赋吟诵世代的一篇篇华章？没有茶，还会不会有文坛商苑流传千古的一段段佳话？

温暖的茶，能疏畅沟通，让理解的障碍化为乌有。我国自古就有“客来先敬茶”的习俗。我的理解这不仅是一种既定的礼节，更是一种交流的铺垫。一杯茶，能使陌生变为熟悉；一杯茶，能让冲动转为理智。我佩服先人的智慧，流传在民间数百年的 “吃讲茶”可算是一个很好的注释。“吃讲茶”就是指当街坊邻里或帮派手足因事生非到箭在弦上、兵刃相见之际，只要有体面之人出来斡旋，沏上一壶好茶，常常能化干戈为玉帛，在品茗闻香之中，情仇族恨也会化为云烟。此刻，茶的温暖击退了恨的冷漠。不久前曾有媒体报道，在南方某地，法院以茶座形式调解民事纠纷，效果很好，这也正得益于茶的温暖本质。试想，在袅袅的茶香中，还有谁会剑拔弩张？还有谁不会从善如流？

温暖的茶，温暖着我们的人生；

温暖的人生，少不了温暖的茶。

茶之魅

茶的魅力是独特而持久的，领略不到这一点，你的生活就会少了很多的乐趣和意味。20 世纪 70 年代中叶，当需要用 5 斤全国粮票才可换取二两纯正的太平猴魁时，我没有犹豫；即使让我在一桌丰盛的酒席和一杯明前的碧螺春之间挑选其一，我也会毫不迟疑地把那杯香茗一饮而尽。因为，我实在无法抵挡茶之魅力，无法在浓郁的春之气息面前正襟危坐。

其实，深刻地感悟到茶之魅力的还要算是我们的先人。在他们的诗文中，茶——简直就是充满灵性的尤物。《神农食经》有言：“茶茗久服，令人有力，悦志。”陆羽的《茶经》也说“荡昏寐，饮之以茶”“茶之为用，味至寒，为饮最宜，精行俭德之人……与醍醐、甘露抗衡也”。而最为详细描述茶之魅力的当数唐人卢仝，他在《七碗茶诗》中吟道：“一碗喉吻润，二碗破孤闷。三碗搜枯肠，惟有文字五千卷。四碗发轻汗，平生不平事，尽向毛孔散。五碗肌骨清，六碗通仙灵。七碗吃不得也，惟觉两腋习习清风生。”第一次读到这样的诗句，除敬佩诗人的灵敏感觉之外，还动了亲身找一找这个感悟的念头。七碗进喉，果然感同卢氏。又发少年轻狂，续饮第八碗，当那一味淡雅还在胸间回荡之时，眼前恍惚来了一位仙风道骨之士，自报姓卢，与我要一杯龙井，并道：小子过量，不可再贪……

曾有一位茶界高人透一秘方：风调雨顺之时，不妨多储备些好茶，办法是用小包裹好，置于土罐之中，再封之于黄泥，藏于密室，若遇战乱或饥荒，此物可药可食，简直就是救命的宝贝。

年少时还听过这样的故事，有两伙土匪因地盘的争夺而结怨颇深，相互较量数日，双方都想讲和，于是请出一位江湖上德高望重的老大，选一处像样的茶馆，三头六面，坐到一起，在品茗赏茶中将过去的恩怨一笔勾销。这在江湖上叫作“吃讲茶”。听罢这个故事，更觉得茶之魅力的巨大与深厚，从此视她为融洽人情世故的亲和剂，也更为挚爱老祖先给我们留下的这份遗产。在历年的饮用中，我渐渐地体会到，茶的魅力的无所不至，无所不克。对于激奋、偏执，茶是一味调和的良药；对于萎靡、冷漠，茶如一副温暖的怀抱；茶攻百毒而扶正气，降狂热而立清新，只需一捧温泉，就给你贴心的抚慰；甘愿以自己青春的毁灭来换取人们如花的岁月。

这就是茶的魅力。如果要给她一个程度的限定，那么应该是“无穷的”。

茶之惑

不知是我越来越不明白，还是这人情世故变化得太快？不知是我的名字取得不该，还是别家的兄弟太无赖？眨眼之间，我们茶的家族中铺天盖地地涌来了许多从未见过的面孔，看上去很精彩，我们却很无奈，困惑的心情不知人们是否能理解？

“茶者，南方之嘉木也”“茶之为饮，发乎神农氏，闻于鲁周公”。我们的再生之父、被人们称作“茶圣”的陆羽千百年前就给我们定下了准确的身份特征和家族属性，照理，是不会和其他物种相混淆，也不会把我们和其他的种群相混杂。既谓之茶，必得有这几个基本的特征，即生于嘉木，能饮用。由于人类的勤奋，自神农以来，我们的家族也不断充实扩容。红的、绿的、黄的，“民族”成分与日俱丰；毛峰、龙井、乌龙，个性色彩日渐纷呈。但万变不离其宗，她们也还都是“嘉木之叶”，生于高山云雾，得天地之甘霖，可以饮而用之。可如今眼目下，有许多打着各种旗号的“茶”，连我们都不认识了，这可如何是好？

自叹我们命运不济的同时，也真的体味到人们心智的高深、计谋的多端。不是有佳人名士要保持身材的苗条吗？那边就有“减肥茶”出笼；不是有大款富豪想长生不老吗？这边就有“保健茶”上摊。还有更多的玫瑰花茶、银杏叶茶、山楂果茶，这茶那茶，数不胜数，应有尽有，好像只要是水冲泡的就都是“茶”，反倒弄得我们不像茶了。此情此景倒是应了你们的一句俗语：“香火客赶走了和尚”。那天有一个美女来到我们所在的茶叶店要买“减肥茶”，我们的主人告诉她，店里只有毛峰、龙井、乌龙，没有减肥茶，那美女竟然说：“你们到底懂不懂茶？没有减肥茶，算什么茶叶店？”这让我们的主人一阵发呆，也让我们更加困惑不解。“茶”本该是我们家族特有的名字，为什么别的家族用得这么潇洒？为什么不把自己称为“减肥咖啡”“保健可乐”，而非要到我们的“茶”家族里来搅和一把？把一切冲泡的物品都称作“茶”，是不是显得今天的人们词汇太贫乏？

谁是茶？茶是谁？祖孙相传承，繁衍千百年，到了21世纪的今天，我们却困惑了。大智大慧的人类，你们能告诉我们：什么是茶？我们是谁？能否有人来帮我们清理门户、纯洁队伍，还茶以本来面目？

拜托了！

今天你喝了没有

今天你喝了没有？我的朋友。如果你喝了，请把你的感觉告诉我，让我分享你的快乐，让那缕缕清香装点我们的生活；如果你没有喝，请你告诉我，你喜爱的是什么？走进茶的世界，你就会有意想不到的收获。从绿茶的清新中，你会体味到春光的娇媚；从花茶的浓郁里，你会感悟到友情的珍贵。红茶带给你兴奋，白茶引发你思考，喝一口乌龙茶，你会把烦恼和忧郁全都抛掉。

你可以滴酒不沾，可以远离烟草，但千万不要让茶叶从你的生活中走掉。茶集天地之灵气，汇山河之精神，生于崇山峻岭，而有克百毒之功效；承接宇宙之精华，而含启思维之能量。酒虽贵为五谷之精髓，但蕴藏迷情乱性之祸；烟虽能让你吞云吐雾寻一时之陶醉，却伤肺伤心，贻害不尽。唯有茶可视为你忠实的朋友。

古往今来，仁人贤士，多有不爱酒烟者，却未见不爱品茗怡情。诗仙太白爱茶："茗生此中石，玉泉流不歇。根柯洒芳津，采服润肌骨"；诗人韦应物夸茶："洁性不可污，为饮涤尘烦。此物信灵味，本自出山原"。梅尧臣茶兴更浓："汤嫩水轻花不散，口甘神爽味偏长"；曾巩喝茶感触独到："一杯永日醒双眼，草木英华信有神"。即便是唱惯了"大江东去"的苏东坡，在茶的面前也生怜香惜玉之情，这才给我们留下了千古的绝唱："从来香茗似佳人"，不管是不是从此开始，饮茶才与琴棋书画佳人融为一色，但苏大才子此言确实是给茶带来了新的乐趣。

才子多有爱茶、好茶之心，千古不变。苏大才子能将"佳人""佳茗"汇于一盏，后来才子不甘落伍，清朝大学士袁枚乐于把自己的品茗心得教于你我："四银瓶锁碧云英，谷雨旗枪最有名。嫩绿忍将茗碗试，清香先向齿牙生。"看他们从茶的世界里获得了多大的乐趣！

朋友，或许你正为了工作的不顺而焦愁，或许你正为经营的失误而伤感，那么，请喝一杯茶吧，她会让你忘却烦恼，她会给你清醒，给你安慰，给你意想不到的快乐！

当品茗成为时尚

当品茗成为时尚，我们的社会就有了更多的宁静和安详。

能够静静地沏一壶清香或淡雅，是自古以来上至达官贵人、下到平民百姓的向往。然而，如果没有整个社会的安定和富庶，这样一个看似小事的向往却永远只能是“向往”而无法成为现实。显然，这并不是因为岁月的动荡土地就丧失养育百草的力量，也不是因为经济的贫弱江河就缺乏滋润生灵的琼浆，而在于品茗确实需要一种不受骚扰的心境。

也许有的朋友会说，不就是喝口茶吗？哪来那么多的说道？其实不然，品茗是喝茶，却又有高于喝茶的许多乐趣。喝茶仅仅是为了解渴，是生理的需要，而品茗则是超出这种生理需求的一种文化，是一种心理的抚慰，是一种精神的净化。一个“品”字就道出了她和喝酒、吸烟的层次的不同。“喝”“吸”只是一种匆匆的目的非常简单的动作，而“品”则是细细回味、把玩，是一种领悟和理解，只有“品”，才能感受到茶所蕴含的人文、社会、民俗信息，才能既解口渴，又润心田。

当品茗成为时尚，我们才能更深刻地理解“国事兴，才能茶事兴”的真理意义。品茗能够在今天成为时尚，应该说是国家繁荣昌盛、百姓安居乐业的一个必然归途。当茶叶还属于“票证商品”的时候，随心所欲地沏一壶碧螺春，是百姓不敢想象的奢华；当“红海洋”在华夏大地席卷咆哮的时候，你又能到哪里去摆放一张平静的茶桌？只有在今天，大地回春，青山滴翠，江河欢唱，万木葱茏，你、我、他才有放飞心情的东风，天、地、人才有和谐如一的从容。祈福、知福、造福、惜福、享福，一壶清香沏出人间五福；官人、商人、文人、华人、洋人，满楼香风迎来天下茗人。国兴茶香，人和汤醇。举盏邀明月，抒思亲怀友之情；展卷付春风，写富民兴国之意。这是何等的畅快、何等的惬意？

富饶的时代培育休闲的心情。休闲的心情需要和谐的空间。当品茗成为时尚，这一切就不是幻想。朋友，带上你的好心情，我请您！

作者简介

查理森，本名查迎新。安徽泾县人。毕业于四川大学中文系。在传媒业勤恳耕耘四十度春秋，高级编辑，享受国务院特殊津贴专家。著有散文集《怀念一条河》。

图书在版编目（CIP）数据
人生四季景不同 / 查理森著 . -- 北京 : 电子工业出版社 , 2023.5
ISBN 978-7-121-45434-9
Ⅰ . ①人… Ⅱ . ①查… Ⅲ . ①随笔 - 作品集 - 中国 - 当代 Ⅳ . ① I267.1
中国国家版本馆 CIP 数据核字 (2023) 第 067337 号

责任编辑：田　蕾
印　　刷：北京利丰雅高长城印刷有限公司
装　　订：北京利丰雅高长城印刷有限公司
出版发行：电子工业出版社
　　　　　北京市海淀区万寿路 173 信箱　　邮编：100036
开　　本：787×1092　1/16　印张：19.25　字数：308 千字
版　　次：2023 年 5 月第 1 版
印　　次：2023 年 5 月第 1 次印刷
定　　价：88.00 元

凡所购买电子工业出版社图书有缺损问题，请向购买书店调换。若书店售缺，请与本社发行部联系，联系及邮购电话：（010）88254888，88258888。
质量投诉请发邮件至 zlts@phei.com.cn，盗版侵权举报请发邮件至 dbqq@phei.com.cn。
本书咨询联系方式：（010）88254161 ~ 88254167 转 1897。